CE SOIR JE VAIS TUER L'ASSASSIN DE MON FILS

Grand reporter à France Inter et à France Info pendant quatorze ans, Jacques Expert s'inspire de son expérience professionnelle pour écrire ses romans. Il est l'auteur de *La Femme du monstre*, son premier livre, qui raconte l'histoire d'une femme dont le mari est arrêté pour meurtre, ou encore de *La Théorie des six*. Jacques Expert est aujourd'hui directeur des programmes de la chaîne Paris Première.

Paru dans Le Livre de Poche :

La Femme du monstre

La Théorie des six

JACQUES EXPERT

Ce soir je vais tuer l'assassin de mon fils

ÉDITIONS ANNE CARRIÈRE

ISBN : 978-2-253-15723-6 – 1re publication LGF

PREMIÈRE PARTIE

22 février, 0 h 02

Antonio Rodriguez a regardé le journal de la 3 puis il a éteint la télévision et est resté de longues minutes immobile dans l'obscurité du salon, en attendant d'être certain que Sylvia a sombré dans un sommeil profond. Sa femme commence son travail d'aide-soignante à 6 heures à l'hôpital de Trappes, là où ils ont récupéré le corps de leur fils, au terme de trois jours d'attente. Le temps, si douloureux, que soit pratiquée l'autopsie. « C'est nécessaire pour l'enquête », leur avaient expliqué les gendarmes. Ils étaient tellement anéantis qu'ils avaient laissé charcuter le corps de leur enfant pour rien, sans oser protester. « Nous avons besoin de savoir précisément comment le petit est mort », avaient ajouté les gendarmes.

« Mort », ce mot si difficile à entendre, à admettre.

Sylvia se couche tôt. Vers 21 h 30, elle rejoint leur chambre, au fond du couloir à gauche, dès qu'elle a fini de ranger sa cuisine, tandis qu'Antonio somnole devant la télé. Avant, il ne prêtait guère attention à tout ce remue-ménage, l'eau qui coule, les casseroles qui cognent, les assiettes qui glissent dans le lave-vaisselle, le minutieux frôlement du balai. Au contraire même, ces gestes du quotidien, chaque soir répétés, le rassuraient sur la douce tranquillité de sa vie. Il aimait ce bonheur simple : sa femme occupée à la cuisine et les rires complices de ses enfants qu'il devinait, depuis leur chambre toute proche, malgré la porte tirée. À présent, Sylvia se force toujours à ranger la cuisine mais lui ne supporte plus l'activité obstinée de sa femme ni le silence pesant qui s'échappe de la chambre muette de son fils. Il lui tarde seulement qu'elle s'éloigne, pour qu'il puisse rester seul dans la pénombre du salon. Seul face à la télé dont il suit à peine les programmes.

Comme chaque soir, elle effleure sa main en passant à la hauteur de son fauteuil. Elle lui dit qu'elle va se coucher et il sait qu'il est déjà 21 h 30. Souvent, il s'endort devant la télé et se réveille vers minuit, puis il se glisse doucement dans le lit. Elle remue, se tourne, mais le cachet qu'elle prend désormais l'empêche de se réveiller. Parfois, par réflexe, elle lui caresse le bras, comme si elle voulait vérifier que c'est bien lui, son mari, le seul homme qu'elle ait jamais aimé.

Aujourd'hui, si tout se passe comme il l'a prévu, elle le trouvera à ses côtés à son réveil. Antonio Rodriguez – c'est son nom – n'aura pas fermé l'œil de la nuit. Il l'embrassera et il attendra qu'ils viennent le chercher en espérant que ce soit après le départ de Priscilla pour l'école. Auparavant, il aura préparé le petit déjeuner de la petite, des Chocapic dans un bol de lait et un verre de jus d'orange, puis, exceptionnellement, il l'aura conduite en bas de l'immeuble. Priscilla est une grande fille de neuf ans et elle ne veut pas que son papa l'emmène à l'école au bout de la rue. Il pleurera sûrement. Il aime tellement l'unique enfant qu'il lui reste ! Ensuite il remontera, boira un café et attendra qu'on vienne l'arrêter.

Voilà comment il voit les choses, tandis qu'il ouvre silencieusement le tiroir de la commode. Il prend la boîte de cartouches et en glisse deux dans sa poche, puis il attrape l'étui de cuir de son fusil de chasse, dans le placard, et le pose près de la porte d'entrée, le temps d'enfiler sa parka de toile verte. Il demeure quelques secondes à parcourir l'appartement du regard, résistant à la tentation d'embrasser la photo de son fils, posée sur le guéridon. Enfin, il sort en prenant bien soin de ne faire aucun bruit. Il renonce à prendre l'ascenseur et descend l'escalier, seulement éclairé par les lampadaires de la rue.

Un bref coup d'œil sur les chiffres fluorescents de sa montre lui indique l'heure, il est minuit passé de cinq minutes. Ce soir, Antonio Rodriguez va tuer l'assassin de son fils.

Onze mois plus tôt.

Jean-Pierre Boulard

Je m'appelle Jean-Pierre Boulard, j'ai trente-huit ans et je rentre chez moi, à Rennemoulin, dans les Yvelines, au volant de ma Renault Espace vert foncé, toutes options avec toit ouvrant. Je l'ai entrouvert, histoire de faire entrer un peu d'air frais dans l'habitacle. Ce petit vent de mars m'aidera à garder les idées claires. Je n'ai que quatre pastis légers au compteur – une tournée pour chacun –, mais j'ai quand même dû dépasser la limite autorisée. Nous nous retrouvons au Relais de la poste, à Plaisir, tous les mercredis avec Pauchon et Debordes de chez SP Informatics et Laforge de chez Lafargue, un grossiste en pharmacie. Moi, je travaille chez Gaboriaud SA, une boîte spécialisée dans le matériel de sécurité. Nous sommes tous installés sur la zone industrielle des Gâtines. Notre vieux copain Rieubet ne vient plus depuis qu'il a été licencié l'an passé, et nous avons peu de nouvelles de lui, mais, d'après Pauchon, il paraît que sa femme l'a quitté en le plantant avec trois gosses. Je reconnais que nous n'avons pas beaucoup insisté pour qu'il nous rejoigne le mercredi soir. On comprend qu'il n'ait pas le cœur à boire un coup avec les copains, et si c'est pour nous plomber l'ambiance…

Aujourd'hui, on ne peut plus rigoler et se prendre « une petite cuite » sans avoir peur des flics. Ce ne sont pourtant pas quatre verres qui m'empêchent de conduire, j'ai déjà pris le volant beaucoup plus chargé ! J'ai eu mon permis du premier coup à dix-huit ans et quatre mois. J'étais tellement certain de l'avoir que j'avais garé ma Peugeot 205 (décapotable, s'il vous plaît !) à moins de cent mètres du lieu de l'examen ! Si j'en ai pris une sérieuse, c'est bien ce jour-là. Qu'est-ce qu'on peut être con, quand on est jeune… Je fais plus de cinquante mille bornes par an et pas une tôle froissée en vingt ans.

J'ai ralenti à cinquante kilomètres/heure en traversant Les Clayes-sous-Bois. Au moins un soir par semaine, ces cons de la « gemmerderie » sont planqués derrière la boulangerie, et ils en chopent à tous les coups. Les pauvres gars vont perdre deux points, sans parler de l'amende. La dernière fois que ça m'est arrivé, dans une ligne droite du côté de Montlhéry, j'ai reconnu mon erreur et les types m'ont laissé repartir sans me verbaliser. Avec eux, ça ne sert à rien de protester, de nier. Au contraire, ça les rend plus hargneux. Mais, de vous à moi, comment voulez-vous tenir à cinquante kilomètres/heure sur une route à quatre voies ? Voilà ce que je n'aime pas chez les flics : ils cherchent toujours à nous baiser là où ils sont certains de nous avoir. Comme dit Pauchon, ils feraient mieux de traîner du côté des cités, mais, évidemment, c'est toujours plus facile de faire chier des mecs comme nous. « Avec la racaille, ils ont un peu plus les foies… » Ça, c'est du Pauchon dans le texte !

Je baisse le son du *Moscato Show* sur RMC, où Domenech s'en prend comme toujours plein la figure, pour téléphoner à la maison. Christine n'a laissé sonner que deux fois. C'est fou comme cette femme saute sur le téléphone dès qu'il retentit. Je me borne à lui annoncer :

— Je ne suis pas loin, j'arrive.

— Je commençais à m'inquiéter, souffle-t-elle.

Je ne réponds pas – à quoi bon ? – et je raccroche. Cette femme n'aime pas que je traîne après le boulot et, même si elle n'en parle jamais, je me demande si elle ne me soupçonne pas d'être avec une « poule », comme elle dit. Je préfère lui dire que, le mercredi, je dois rester un peu plus longtemps au travail plutôt que de lui raconter que je prends un pot avec les copains. Question gonzesses, elle peut être rassurée. Depuis une expérience que je qualifierais de malheureuse, j'ai bien fait quelques petits écarts par-ci, par-là mais, globalement, je me tiens à carreau. D'ailleurs, avec Christine, je n'ai pas intérêt à faire le con. Elle serait capable de me planter comme la femme de ce pauvre Rieubet, et, pour se venger, m'enlèverait les enfants. Aussi, je fais gaffe et mon seul véritable petit écart, c'est ce pot du mercredi avec les copains. Et franchement, avoir une maîtresse, c'est plus d'emmerdes qu'autre chose...

Je prends un deuxième chewing-gum à la menthe, car je sais qu'elle va essayer de renifler mon haleine. Elle ne dira rien mais n'en pensera pas moins. Je la connais : si elle s'en apercevait, elle tirerait la tronche toute la soirée. Aussi, même si elle ne me croit pas, je préfère encore lui dire que M. Delmas m'a retenu au boulot et arriver à la maison avant 20 heures en abandonnant les copains dotés de gonzesses plus compréhensives que la mienne. Que voulez-vous, elle ne supporte pas que je passe du bon temps avec les copains !

À la sortie des Clayes-sous-Bois, je prends la deuxième à droite, puis la départementale à gauche. J'accélère. Il n'y a jamais de flics par ici.

Le gamin – je l'ai pourtant aperçu de loin avec sa veste fluorescente jaune – roule bien sur la droite de la route. Je m'apprête à le doubler quand mon téléphone sonne. Le petit a dû faire un écart sur la gauche, car, tout occupé à attraper mon portable sur le siège passager, j'ai seulement entendu un bruit sec à l'avant droit. « Ce petit con m'a touché, ai-je d'abord pensé. Il va m'entendre s'il a bousillé ma voiture. »

Je freine en catastrophe, une cinquantaine de mètres plus loin. Je suis vraiment en colère. Avant de descendre pour l'engueuler, je regarde dans le rétroviseur. Je ne vois rien. « Le petit salopard a dû filer. » Je transpire de rage. Je passe la marche arrière, bien décidé à le rattraper, et, arrivé à l'endroit où il m'a touché, j'aperçois d'abord, dans le champ de maïs, la bicyclette rouge, la roue avant tordue, puis le gamin caché dans la pénombre du fossé. Je crie par la fenêtre entrouverte : « Tu vas te relever, petit con ! J'espère que ton père a une bonne… » Du sang gicle de sa bouche. Je comprends aussitôt que le gamin est salement touché. « Putain, pourquoi il s'est jeté sur ma bagnole, ce gosse ? » J'hésite à m'approcher mais je me rends compte en un instant de toutes les emmerdes qui m'attendent. Avec les quatre pastis que j'ai bus, l'Alcootest sera forcément positif et ça, ça ne pardonne pas. Je vais en prendre plein la gueule. Je vois déjà les titres des journaux : « Un chauffard ivre renverse un gamin ». Pour ce genre de délit, il n'y a pas de pitié, surtout quand il s'agit d'un gosse. Ils sont capables de me foutre en taule, sans parler de l'amende… Je vois déjà la tête de Christine. Elle me reprochera cet accident toute ma vie.

Avec ce que j'ai bu (même si, franchement, je vous demande de me faire confiance, j'ai toutes mes facultés), personne ne me croira quand je dirai que c'est le gamin qui m'a percuté. Je pense à toutes les conséquences, le boulot, les copains, la maison, mes gosses et Christine, encore.

La nuit tombe, la petite route est déserte, personne n'est passé. J'ai du pot et il faut que j'en profite. Vite ! Je me suis arrêté moins d'une minute, et je dois filer avant d'être repéré. Je passe la première et je m'éloigne en me demandant quel est le con qui m'a appelé à cette heure. Une chose est sûre : personne ne m'a vu. J'ai vraiment eu de la chance et j'ai bien fait de me tirer.

Sur la petite route, je n'ai croisé que deux voitures. Une Volvo m'a fait des appels de phares pour que j'allume les miens, car c'était un coup à se faire choper par les flics. Puis un 4 × 4 noir Toyota m'a rattrapé à toute vitesse et s'est collé à moi. D'abord, j'ai pensé : « En voilà un autre qui sait qu'il n'y a pas de gendarmes dans ce coin. » Ensuite, j'ai eu peur, l'espace d'un instant, qu'il ait voulu me coincer après avoir trouvé le gamin, mais il m'a dépassé d'un bref coup de klaxon, et je l'ai laissé filer, soulagé. Plus je m'éloigne, plus je me sens rassuré. Avec la nuit tombante, l'accident n'est pas près d'être découvert. Qui pourra distinguer le corps d'un gosse dans le fossé et le vélo perdu dans le champ de maïs ?

Le 4 × 4 roule si vite qu'il a rapidement disparu. Je n'aime pas ces mecs qui se prennent pour des champions automobiles et, souvent, pour les faire chier, je conduis légèrement sur la gauche de la chaussée pour les empêcher de me doubler, en respectant scrupuleusement la vitesse réglementaire. Je les tiens comme cela pendant plusieurs kilomètres avant qu'ils parviennent à passer, furieux. Je leur balance un appel de phares, histoire qu'ils comprennent qu'on ne doit pas conduire comme un malade.

Je m'arrête enfin sur l'aire de repos, à quelques centaines de mètres de la sortie des Clayes-sous-Bois. Les camionnettes des putes n'ont pas encore investi l'endroit ; elles pompent des pauvres types pour vingt euros seulement. Je me suis laissé tenter une seule fois, mais j'ai eu tellement la trouille qu'on me voie que je n'ai jamais recommencé. Imaginez un peu le scandale si on apprenait que le chef des ventes de Gaboriaud SA va aux travelos ! D'autant que je sais que les flics font des descentes régulières et embarquent tout le monde, clients compris. J'ai une réputation (et un boulot) à défendre, moi.

Je suis rassuré : le choc n'a pas fait trop de dégâts. Le feu avant est à peine fendu et le vélo a laissé quelques légères griffures rouges sur l'avant gauche. J'essaie de les effacer du doigt, mais elles ne veulent pas disparaître. Le pare-chocs est intact, c'est de la bonne camelote ces Renault Espace. Les pare-chocs souples encaissent les coups sans se déformer. Je me penche pour arracher ce que je pense être une brindille, mais ce sont des cheveux encore humides de sang. Je les jette sur le bas-côté, mais je me ravise, car les flics sont capables de les trouver avec mes empreintes dessus. Par chance, alors que je m'en étais débarrassé au hasard, je les retrouve aussitôt, je les jetterai plus tard. Ce n'est qu'après que je vois les marques de sang qui tachent l'avant de ma voiture. Je remonte en toute hâte et je file vers la station de lavage automatique. J'y viens une fois par semaine, habituellement le samedi matin, et je passe ensuite le lustrage à la maison. C'est plus économique, et surtout « le résultat est garanti » quand c'est moi qui le fais. Le jour où je la vendrai – je ne garde jamais une voiture au-delà de 80 000 kilomètres –, elle sera comme neuve et j'en tirerai plus que l'Argus. La station est ouverte 24 heures sur 24 et je dispose encore de trois jetons rangés dans le vide-poches.

Avant de quitter la station de lavage, je vérifie rapidement que le sang a bien disparu. Les marques laissées par la bicyclette sont à peine visibles, mais il faudra que je remplace vite le feu avant fendu. Dans la lumière crue, j'aperçois quelques cheveux encore collés sur la carrosserie, je me penche sous le véhicule et les enlève un à un. C'est tenace, cette saloperie. Je les jette par la fenêtre avec ceux que j'ai récupérés sur l'aire de repos.

La voiture est encore humide quand je quitte la station, mais elle finira de sécher en roulant. J'ai déjà perdu beaucoup de temps et Christine doit se demander ce que je fous.

Quand j'approche de la maison, où m'attendent pour dîner Christine et nos trois gamins, j'ai vingt-trois minutes de retard. Sûr, ce soir, je vais avoir droit à la soupe à la grimace.

Depuis combien de temps je ne l'appelle plus « Nat », comme à l'époque où je l'ai rencontrée ? Ce sont des copains qui me l'ont présentée, une jolie brune, une bonne nature comme on dit, qui travaillait comme secrétaire dans une boîte de transport. J'étais ce qu'on appelle un chaud lapin, et je me suis bien fait avoir. Elle est tombée en cloque et je l'ai épousée six mois plus tard. Elle a alors laissé tomber son boulot « pour se consacrer entièrement à sa famille ». Croyez-moi, elle n'est pas à plaindre, je rapporte le pognon et elle ne branle pas grand-chose, à part s'occuper des gosses et de la maison. Maintenant qu'ils vont à l'école, je me demande bien ce qu'elle fout de ses journées.

Dès notre deuxième rendez-vous, elle a écarté les cuisses et je suis tombé dans le panneau. Que voulez-vous, j'étais amoureux, à l'époque, et quand on est jeune on est un peu con… Mais j'aurais dû être plus attentif : elle avait déjà les hanches assez fortes et ça ne s'est pas arrangé avec ses trois grossesses. Elle a toujours un joli visage pour son âge, mais un cul, je ne vous dis pas… Si ça ne tenait qu'à moi, je lui conseillerais de suivre un petit régime !

C'est fou comme cette femme a changé en dix ans de mariage, et pas seulement physiquement. Elle n'est plus comme au début. On dirait que tout l'agace maintenant, alors que, franchement, elle n'a pas vraiment de raisons de se plaindre.

— Tu es en retard. La prochaine fois on ne t'attendra pas.

Christine me lance un regard plein de sous-entendus, et je lui tends mes mains sales.

— J'ai crevé à la sortie de Trappes.

Je lui montre les traces de graisse noires sur mes mains, que j'ai pris soin de frotter contre un pneu avant de rentrer. Avec une femme comme la mienne, il faut tout prévoir.

— Tu aurais pu téléphoner, répond-elle.

Elle ne me croit qu'à moitié. Je la défie, même si je sais d'avance qu'elle ne poussera pas le bouchon jusqu'à aller vérifier.

— Tu veux peut-être voir la roue ?

— Les frites vont être froides et les enfants ont faim. Va plutôt te laver les mains, Jean-Pierre.

Elle commence aussitôt à découper le poulet, histoire de bien me faire comprendre que j'ai intérêt à me dépêcher.

J'ai trois enfants. Kévin aura dix ans le 17 septembre, Arthur, huit ans en juin, et Amandine fêtera ses six ans la semaine prochaine. Si je ne les avais pas, mes trois petits, je me demande si nous n'aurions pas divorcé car j'ai de plus en plus de mal avec leur mère. Je n'ai pourtant pas grand-chose à lui reprocher, à part, peut-être, sa jalousie obsessionnelle.

Je me suis fait gauler une seule fois et j'ai été tout près de morfler. C'était après la naissance d'Arthur. Une fille du bureau m'avait allumé et Christine n'était plus vraiment « consommable » (elle avait pris plus de dix kilos et, entre parenthèses, elle ne les a toujours pas perdus). J'avais donc cédé aux avances de cette fille avec de bonnes excuses : cela faisait des semaines que nous n'avions pas fait l'amour (madame ne voulait pas que je la touche), « le traumatisme post-natal », paraît-il. Les mecs me comprendront et, résultat des courses, j'étais tombé comme un con dans le piège de cette gonzesse. Elle avait cru au grand amour, et que j'allais quitter ma famille, parce que j'avais eu le malheur de l'inviter au restau et, peut-être, de lui dire que j'étais amoureux. J'avais eu un mal fou à m'en débarrasser et, pour se venger, elle s'était mise à raconter partout qu'elle avait couché avec moi. Cette salope était allée voir le patron et elle m'avait accusé de harcèlement sexuel. Heureusement, M. Delmas n'avait pas voulu la croire. J'étais dans la boîte depuis six ans et considéré comme un homme à classer dans la catégorie des irréprochables, des types sans histoires. Je reconnais que ma réputation a joué en ma faveur, alors que celle de la fille… Mais, pendant quelques jours, c'est vrai que j'ai eu peur pour mes miches. J'avais un autre avantage : j'étais le meilleur vendeur de Gaboriaud SA et M. Delmas a vite fait son choix entre une connasse et un mec qui rapportait du pognon. D'ailleurs, à la suite, ou plutôt grâce à cet incident malheureux, j'avais été nommé chef du service des ventes. J'émarge maintenant à 4 263 euros net, sans compter les primes et le treizième mois. Je ne me plains pas, le patron ne jure que par moi et j'ai le deuxième salaire de la maison. Sans forfanterie, ce n'est pas mon genre, je suis le numéro deux de la boîte.

Comme toujours, quand il y a une promotion dans une entreprise, ce n'est pas du goût de tout le monde et Christine avait fini par apprendre ma pseudo-liaison. Je ne vous raconte pas le cirque qu'elle m'a fait ! Bien sûr, j'avais tout nié. La preuve en était que la mythomane, en CDD, avait été lourdée malgré ses menaces d'« aller aux prud'hommes et de faire cracher la boîte ». C'était mal connaître le boss... Deux costauds de la manutention l'avaient foutue dehors et on n'avait plus jamais entendu parler de cette salope. Je me suis toujours demandé si le patron ne s'était pas tapé cette garce avant moi et avait préféré régler tout ça à sa façon. C'est bien son genre au boss, comme à elle, d'ailleurs... Je ne veux pas savoir et, au final, je suis le gagnant de l'histoire. Merci, madame ! Mais, franchement, faire tout ce ramdam pour un petit coup à l'heure du déjeuner, il faut vraiment avoir un pèt'au casque.

Finalement, quand je repense à cette histoire, je crois que Christine avait surtout eu honte que les gens l'apprennent. Je reconnais que ce n'est jamais agréable de passer pour une femme trompée, la cocue de service. Aussi, elle prenait les devants, me défendait, et elle soutenait partout, surtout devant nos amis, que « cette malheureuse était plus à plaindre qu'à blâmer », que « c'était une mythomane qui avait trouvé ce moyen pour ramasser du pognon », que « son pauvre J.-P. en avait bavé des ronds de chapeau avec cette histoire ».

Mais le mal était fait et, depuis, j'ai l'impression que Christine me surveille comme le lait sur le feu. Ça m'a servi de leçon et, comme je l'ai dit, je me tiens à carreau. Surtout, je fais supergaffe. Je reconnais à Christine une grande, ou plutôt deux grandes qualités : elle s'occupe bien des gosses et elle est une excellente cuisinière. Dommage que, ce soir, les frites soient un peu tièdes. J'adore quand elles sont craquantes et qu'elles brûlent la langue.

Comme tous les soirs, les petits ont plein de choses à raconter : l'école, les copains, le foot, le piano et l'anniversaire qui approche. Amandine veut absolument savoir si elle aura la Barbie Princesse qu'elle a demandée.

— Tu verras, lui répond sa mère. C'est bien la fille de son père, ajoute-t-elle. Toujours impatiente !

Cela sonne comme un reproche, et je me prends à me demander ce que nous aurons à nous dire, Christine et moi, quand les enfants ne seront plus à la maison.

Avant de monter se coucher, ils doivent débarrasser. Christine y tient car « c'est une question d'éducation », même si elle doit repasser derrière eux pour ranger convenablement les assiettes et les verres dans la machine. Je dois promettre à Amandine que je monterai lui faire une grosse bise et je les autorise à jouer un petit moment. « Tu es trop gentil avec eux », me reproche Christine, et elle est obligée de monter à deux reprises. Je l'entends menacer : « Si tu ne te calmes pas, tu n'auras pas ta Barbie. »

De l'étage, elle m'annonce qu'elle va se coucher. Elle n'aime pas trop la télé et préfère bouquiner. J'en profite pour me servir un verre de whisky que je dissimule sous la table basse, car il lui arrive souvent de descendre à l'improviste. Je n'ai pas envie de l'entendre dire que je ne devrais pas boire. « En plus, ça te fait ronfler et ça m'empêche de dormir. Pense à moi de temps en temps. » Un petit whisky, c'est pourtant pas grand-chose, mais quand je vous dis que cette femme me surveille comme le lait sur le feu… Franchement, je n'ai pas envie de me priver de ce petit plaisir en regardant *Les Experts : Miami*, mais, avec tout ce retard, j'ai malheureusement raté le début du premier épisode.

Je n'ai pas entendu Christine descendre sur le coup de 23 heures. J'ai allumé la radio pour savoir s'ils parlaient de l'accident, mais, comme je m'en doutais, il n'y a pas eu un mot. Je vais pouvoir dormir peinard, franchement, ça m'aurait gavé de savoir que l'accident avait déjà été découvert. Ça m'aurait pris la tête, et, quand ça m'arrive, j'ai du mal à trouver le sommeil.

— Tu écoutes la radio, maintenant ? m'interroge-t-elle, surprise.

— Je voulais avoir les résultats du foot.

— C'est bien les hommes, ça. Pour vous, il n'y a que le foot dans la vie !

Ma pauvre femme ne sait même pas qu'il n'y a pas de foot ce soir… Puis elle demande :

— Tu montes te coucher bientôt ? Il est tard.

Je réponds que je ne vais pas tarder. Elle passe devant moi, traînant un peu trop à mon goût devant l'écran, et se dirige vers la cuisine. Je l'entends boire, puis elle remonte sans ajouter un mot.

Je reste encore un moment devant la télé, ils n'ont rien dit aux infos de France 3. Je rince le verre, je l'essuie soigneusement et je le range bien à sa place dans le placard. Quand je m'allonge à côté d'elle, elle grogne que je l'ai réveillée, elle se tourne, souffle. J'espère que je vais bien ronfler cette nuit !

Je suis tellement soulagé de ne pas être resté après l'accident. Si je l'avais fait, à cette heure, c'est certain, je ne serais pas dans mon lit, bien peinard.

Je me suis garé en double file après avoir allumé mes warnings. Les autres, derrière, peuvent bien attendre quelques secondes. De nos jours, les gens sont toujours pressés et ils klaxonnent déjà. Nous faisons vite, mais je tiens à ce que, chacun à son tour, les enfants déposent un baiser sur la joue que je leur tends entre les deux fauteuils avant.

C'est moi qui les emmène à l'école le matin, et Christine les récupère le soir. Ils se sont disputés pour des broutilles. Mais, à l'inverse de leur mère qui s'agace vite et qui aurait aussitôt interrompu leur remue-ménage, j'ai laissé faire. Mieux, j'en ai profité. Que voulez-vous, j'aime mes gosses, comme j'aime les voir s'éloigner chacun de son côté en direction du bâtiment. Avant de démarrer, je veille seulement à ce qu'ils aient attendu que le policier arrête la circulation pour les faire traverser.

Je m'immobilise un peu plus loin pour suspendre ma veste au cintre de métal fixé à l'arrière, et j'arrange sur le siège passager le gilet fluorescent que tout conducteur doit désormais avoir dans l'habitacle. Les enfants l'ont fait tomber. Je repars rapidement. Un abruti klaxonne en me dépassant. D'accord, j'ai oublié de mettre le clignotant, mais ce n'est pas une raison de s'énerver pour si peu. Je réponds par un appel de phares et il me fait un doigt d'honneur par la vitre ouverte. Je le serre de près et le rejoins au feu, mais je repars plus vite que lui et il est obligé de me laisser passer. Il va comprendre qu'il faut respecter les cinquante kilomètres/heure en agglomération ! Il me suit, pleins phares, sans parvenir à me doubler, et je le plante au feu suivant en grillant un « orange bien mûr ». Il n'a pas eu les couilles de passer et, en m'éloignant, je lui adresse à mon tour un doigt d'honneur. « Un jour, tu auras des pépins », me dit souvent Christine qui n'aime pas que je me fasse respecter au volant.

À l'entrée des Clayes-sous-Bois, la circulation est ralentie, ce qui n'arrive jamais. À ce rythme, je ne serai pas au boulot à 8 h 30 comme j'en ai l'habitude, et je suis de ceux qui n'aiment pas arriver en retard. Ce matin, nous avançons au pas et j'ai raté l'embranchement de Villepreux. Cela représente trois ou quatre kilomètres de plus mais, au moins, en accélérant un peu je serais arrivé à l'heure au lieu de m'être embringué dans cet embouteillage. Je renonce à faire demi-tour et je me laisse entraîner.

J'aperçois au loin des gyrophares, puis, en m'approchant, une ambulance rouge des pompiers. Je reconnais l'endroit : c'est là que le gamin m'a heurté hier soir. Je ne suis pas inhumain au point d'avoir oublié l'accident (un enfant m'a heurté, quand même), mais jusqu'à présent je me sentais serein. Je n'ai pas laissé de traces, personne ne m'a vu, et je ne risque rien. Ce n'est qu'un incident, une mauvaise parenthèse à oublier très vite. La curiosité m'a poussé sur cette route et je le regrette déjà : bloqué derrière une Ford Taurus, je sens, pour la première fois, la peur m'envahir petit à petit.

À une centaine de mètres, les gendarmes ont mis en place une circulation alternée. Alors que je m'engage, l'un d'eux me fait signe de m'arrêter. Je suis en première ligne mais, par chance, l'homme ne se retourne pas, il fait des gestes de la main pour inciter les automobilistes d'en face à se dépêcher. Soudain, je réalise que ma voiture porte les traces de l'accident. Putain, il ne manquerait plus que je me fasse choper maintenant ! Je tente de me raisonner mais l'angoisse s'empare de moi, incontrôlable. Quel imbécile j'ai été de ne pas faire demi-tour plus tôt ! Pourquoi n'ai-je pas tourné tout à l'heure au lieu de me foutre dans les embouteillages ? La curiosité m'a poussé sur cette route, je voulais voir si le gamin était toujours là, mais l'embouteillage aurait dû m'alerter et, au lieu de cela, j'ai continué. Je commence à transpirer. Et ce con qui ne me fait toujours pas signe de passer ! La circulation en face est enfin arrêtée, la voie est libre mais le gendarme nous retient toujours. Il se tourne vers moi, regarde l'avant de la voiture et s'approche, puis me fait signe de baisser la vitre :

— Vous savez que votre feu avant droit est fendu ? Il fonctionne au moins ?

— Oui, oui. Il faut que je le change.

— Faites voir, allumez les phares, s'il vous plaît.

Je m'exécute. Pourvu qu'ils marchent... sinon, je suis bon. Je tente de faire diversion :

— Qu'est-ce qui se passe ?

— Un gamin a été renversé hier soir.

Il recule pour examiner mes feux. Je n'ose pas demander si le gamin est toujours en vie.

— Les veilleuses, maintenant.

Putain, ce n'est pas possible, je vais me faire gauler. Derrière, dans la file, des impatients klaxonnent mais il a l'air de s'en moquer. Il prend tout son temps. Enfin, il m'adresse un petit geste de la main :

— C'est bon, vous pouvez y aller.

Quand je passe à sa hauteur, il donne un petit coup sur le toit :

— N'oubliez pas de le changer. Vous avez de la chance qu'on ait d'autres chats à fouetter aujourd'hui.

— Oui, je m'en occupe sans faute. Merci, monsieur l'agent. C'est grave ?

— Quoi ?

— L'accident.

— Avancez !

Et, d'un geste impatient, il me fait signe de dégager. J'ai envie de filer mais, comme les autres, je ne peux pas m'empêcher de ralentir à la hauteur de l'accident. La première chose que je vois, c'est la petite bicyclette rouge posée à l'arrière de la fourgonnette des gendarmes. Ils sont bien une dizaine dispersés dans le champ de maïs. Je me demande ce qu'ils peuvent bien chercher. Je suis certain de ne pas avoir laissé d'indices. Ma voiture est intacte, à l'exception du phare fendu et des rayures sur le côté. Pour l'avoir si souvent vu à la télé, et notamment dans *Les Experts*, ma série préférée, je sais qu'avec un seul fragment ils peuvent remonter jusqu'au propriétaire de la voiture. Je transpire et, pour la première fois depuis hier soir, je réalise que je ne suis pas à l'abri. J'ai envie de dégueuler, je voudrais m'arrêter, mais surtout pas là, si près de l'accident. Mon comportement pourrait les intriguer, et il y a aussi ces putains de traces sur ma voiture. Ils ne me croiraient pas si je leur expliquais que j'avais trouvé ma voiture dans cet état. Je me connais, je craquerais. Il faut vite que je m'éloigne.

Je surveille la scène dans le rétro et je sursaute au bruit de la sirène de l'ambulance qui me rattrape et me double en direction de Plaisir, vers le centre hospitalier Charcot, sans doute.

Le gamin va leur raconter quel type de voiture l'a renversé, et alors ce sera la chasse aux Renault Espace vert foncé. Je serai confondu par les marques à l'avant et j'irai en taule, avec un délit de fuite en prime. Je ne pouvais quand même pas m'arrêter avec ce que j'avais pris ! Quatre pastis, ce n'est pas grand-chose, mais ils auraient vite fait de me charger pour conduite en état d'ébriété. Non, j'ai bien fait de filer. C'est quand même la preuve que j'avais toute ma tête, hier soir, que je n'étais pas bourré.

Il faut vraiment que je m'arrête, sinon je vais gerber dans la voiture. Je trouve une place de stationnement dans Plaisir et, accroupi derrière la portière, caché des véhicules qui passent, je vomis mes céréales et mon café du matin.

Cela m'a fait du bien, j'ai repris mes esprits. En regagnant ma place par le côté passager, je constate que ma chemise est trempée. Il ne faut plus que je m'affole. Ils n'auront rien. Je ne suis qu'un conducteur de Renault Espace vert foncé parmi des milliers. Il faudra simplement que je fasse disparaître les traces de l'accident, discrètement. Mais je sais déjà comment je vais m'y prendre. J'en viens presque à espérer que le gamin soit mort.

Au moins, cette alerte m'aura servi de leçon. Un gamin a été renversé et le conducteur du véhicule s'est enfui. Les gens n'aiment pas ça et les flics vont tout faire pour régler cette histoire. J'ai intérêt à adopter un profil bas et à me débrouiller pour effacer les marques de l'accident, surtout le phare avant. J'ai vu dans *Les Experts* que leur police scientifique était capable de détecter la moindre trace de sang invisible à l'œil nu. Ce n'est pas pour me rassurer, et j'ai vraiment intérêt à être très prudent dans les prochains jours.

J'allume RMC. Des gens au téléphone se plaignent de romanos qui vivent dans des bidonvilles dégueulasses du côté de Vitry, et Bourdin s'offusque à peine quand une dame déclare qu'il faudrait mettre le feu à leur campement. Ça me distrait, même si je dois reconnaître qu'il y a des gens qui exagèrent.

Je me gare à ma place réservée, à côté de celle du patron. Pour dissimuler le phare avant, je colle la voiture au muret. J'examine ma tronche dans le rétro, cela pourrait être pire… Je me sens mieux et ma chemise est presque sèche. J'ai à peine un quart d'heure de retard. De loin, avec la télécommande, je ferme ma voiture à clef.

Nous avons appris dans la matinée que le fils de Rodriguez avait été tué par un chauffard. Je ne vous raconte pas le traumatisme dans la boîte, et, toute la journée, nous avons tourné au ralenti. Rodriguez, paraît-il, est passé à la boîte en fin de matinée, mais il l'a fait si discrètement que personne ne l'a aperçu. Même moi, je n'ai rien vu, alors que mes fenêtres donnent sur la cour et le parking et que mon bureau est à l'étage du boss. « Il n'a voulu croiser personne à l'exception de M. Delmas et moi », nous a expliqué Irène, l'assistante du patron. J'étais avec les gars du service expéditions quand elle est descendue pour nous parler.

— Si vous aviez vu dans quel état était ce pauvre garçon… Il est venu demander une semaine de congé pour enterrer son enfant. Comme s'il ne pouvait pas le faire par téléphone… Il ne méritait vraiment pas ça, Tonio.

Sa phrase est restée en suspens, sans réponse. Les gars, tout comme moi, étaient tous surpris et déçus qu'Antonio soit venu au boulot aujourd'hui sans saluer personne. Mais j'ai pu me rendre compte à quel point ce gars-là était apprécié de ses collègues. Vraiment, ce Tonio, tout le monde l'aime ici, au service expéditions. Ça saute aux yeux.

Je suis resté en retrait pour le seul plaisir d'observer Irène. Elle a dû être une belle femme, mais évidemment avec l'âge… Comme me dit Christine : « La beauté et la jeunesse ne durent pas toute la vie, malheureusement. Il faut savoir accepter de vieillir. » Elle n'arrête pas d'acheter des revues débiles, et, franchement, elle m'épate. Elle sait tout sur les stars. Comment peut-on se passionner pour des conneries pareilles ? Elle repère aussitôt les vedettes qui se sont fait tirer la figure et elle les plaint de « ne pas accepter l'usure du temps ». Attendant mon approbation, elle ajoute :

— Ces femmes doivent être mal dans leur peau pour faire ça.

— De qui tu parles ? lui dis-je.

Elle n'attend que ça et elle me cite une série de noms de stars (ou supposées telles) dont j'ai à peine entendu parler. Je commence à comprendre ce qu'elle fout de ses journées !

Irène est une femme à poigne et on dit que le patron file droit avec elle, certains jours… Mais, jusqu'à aujourd'hui, je ne l'avais jamais vue ainsi, les yeux rougis, tout près de craquer. La rapide visite de Rodriguez l'a « bouleversée ». Elle nous prend à témoin : « Qui ne le serait pas quand on a devant soi un homme qui vient de perdre son gosse ? » Pourtant, ces choses devraient être d'autant plus faciles à supporter quand on n'en a pas soi-même. Ce doit être le drame de la vie de cette femme, ai-je souvent pensé, quand elle me demande régulièrement des nouvelles de mes enfants.

— Il a pris vingt ans, ce pauvre Tonio. Il est si malheureux. M. Delmas en est tout retourné lui aussi.

Nous attendons des détails, mais soudain cette forte femme (dans tous les sens du terme !) éclate en sanglots devant nous. Il faut dire que toute la boîte a été frappée par l'accident du petit Victor, le fils de Rodriguez. Depuis qu'ils ont appris la nouvelle en fin de matinée, les gars ne parlent que de ça, au point qu'on a pris du retard sur plusieurs commandes. Le jeudi est un jour particulièrement chargé aux expéditions. C'est pour cela que j'étais descendu sur le coup de 16 heures, histoire de les secouer. J'allais devoir embaucher un intérimaire pour remplacer Rodriguez.

Cet Antonio Rodriguez, je le connais à peine, il est dans la boîte depuis cinq ans et il conduit les transpalettes. Comme la plupart de ses collègues des « expés », c'est bonjour-bonsoir quand on se croise. Je n'ai pas de raison de lui parler. Qu'est-ce que nous pourrions nous raconter ? Nos vies sont si éloignées. Et surtout, quand on est un cadre qui veut se faire respecter, il faut savoir garder ses distances avec le personnel, sans cependant lui donner l'impression qu'on l'ignore. Pas de familiarité ni de paternalisme. C'est ce qu'on m'a enseigné dans les séminaires de management auxquels M. Delmas m'a inscrit. J'ai demandé à Irène de me passer son dossier. Sa situation de famille (marié avec une certaine Sylvia, deux enfants – un seul désormais, une fille prénommée Priscilla), son CV, épais comme une feuille de cigarette (un CAP de cariste...), et son salaire actuel (1 482 euros net par mois). Au moins, la disparition de son fils lui fera faire des économies ! Non, c'est pas sympa de penser ça, je retire ce que je viens d'écrire...

Aucun de nous ne sait comment réagir face aux sanglots de Mlle Irène. Nous nous attendions si peu à la voir craquer... Elle est d'habitude très maîtresse d'elle-même. Aussi, nous patientons sans prononcer un mot, attendant qu'elle reprenne ses esprits. Seul Guiraud parvient à rompre le silence pesant :

— C'est affreux ce qui lui arrive à ce pauvre Tonio. Perdre un gosse, y a rien de pire. Surtout que le salopard a filé en abandonnant le gamin. Putain, je ne voudrais pas être à sa place, il doit en baver, le malheureux.

— D'après ce qu'il a dit à M. Delmas, le petit n'est pas mort sur le coup, a ajouté Irène, de nouveau maîtresse d'elle-même.

— L'enculé ! a repris Guiraud.

Les gars se sont soudain déchaînés. Ils m'ont pris à témoin et j'ai été bien obligé d'acquiescer avec eux, et d'espérer que les flics chopent « ce fumier ». Qu'est-ce que j'aurais pu faire d'autre, sinon participer à cette explosion de colère ? Franchement, ce déferlement écœurant de haine ne fait pas honneur à l'espèce humaine et je ne peux m'empêcher de me demander comment ils auraient réagi à ma place, ces gueulards. Lequel serait resté en prenant le risque de se retrouver en prison, de voir sa vie s'écrouler ? Les flics ne m'auraient pas lâché. Il ne faut quand même pas oublier que c'est le gamin qui s'est jeté sur ma caisse. J'ai eu envie d'attirer leur attention sur la faute des parents, qui ont pu laisser un petit de dix ans faire du vélo tout seul à la nuit tombante. Ces parents sont les premiers fautifs et, pour moi, ils sont responsables de la mort de leur fils, il ne faut pas l'oublier. Mais comment le dire à ces abrutis qui réclament vengeance ? Aussi, je m'abstiens et je les écoute espérer que « le tueur du petit soit rapidement foutu en taule ». Je n'en peux plus de les entendre répéter comme des machines « pauvre Tonio ». J'en ai ma claque de ce pauvre Tonio et de son gosse.

Je suis remonté dans mon bureau sans avoir eu le temps de les remettre au boulot. Dans ces circonstances, ce serait passé pour un manque d'humanité, et j'avais intérêt à ne pas me faire remarquer. Réfugié dans mon bureau, j'ai surtout pensé aux marques sur ma voiture et à l'urgence de les faire disparaître.

M. Delmas a loué deux minibus pour l'occasion. Le patron, Irène et moi avons fait le trajet ensemble dans sa BM noire aux vitres teintées. Elle en a sous le capot, cette caisse, on le sent rien qu'au bruit du moteur, mais M. Delmas a scrupuleusement respecté les limitations de vitesse. « Je n'ai plus que trois points », m'a-t-il expliqué. C'est tout ce qu'il a dit pendant le trajet, et Irène, d'habitude si bavarde, est restée silencieuse.

Je crois que M. Delmas a les boules de laisser Gaboriaud en quasi-chômage technique, mais ce n'est pas le jour pour se plaindre. Tout le monde, à la boîte, voulait venir mais le patron a choisi vingt gars : les cadres et ceux qui travaillent directement avec Rodriguez aux expéditions. Les autres ont dû poser une demi-RTT, ce qui a fait pas mal de mécontents mais il faut comprendre le patron. La boîte ne pouvait pas fermer tout un mercredi, surtout que, en ce moment, on tourne à fond. Finalement, presque tout le monde est venu, bravant les recommandations de M. Delmas. Je pense que, ce jour-là, la boîte a dû perdre plusieurs milliers d'euros, faute de pouvoir satisfaire la demande, et la production a tourné au ralenti. Plus grave, pour ne pas avoir été prévenus à temps, plusieurs semi-remorques sont repartis à vide. Il paraît que ça a pas mal râlé. Il faut comprendre les camionneurs, obligés de patienter une journée entière sur le parking.

Les funérailles du gamin ont attiré des centaines de personnes et, à l'exception de M. Delmas, de Loubet, le responsable de Rodriguez aux « expés », et de moi, aucun des gars n'a pu pénétrer dans l'église. Trois chaises nous étaient réservées au quatrième rang. J'aurais préféré être à l'extérieur avec les autres, mais le patron a insisté pour que je le suive. J'ai bien fait, avec cette petite pluie, j'aurais attrapé la crève. Même cette pauvre Irène a dû rester dehors. Elle a quand même réussi à entrer en profitant de la communion et elle est demeurée debout, à gauche de l'autel, bien placée pour observer Rodriguez et sa famille. « Il n'avait plus de larmes, le pauvre garçon », nous racontera-t-elle ensuite, sur le chemin du retour.

Rodriguez a passé toute la cérémonie debout. Il a gardé les bras croisés, le regard fixé sur le minuscule cercueil de bois blanc couvert de fleurs, comme s'il était étranger à tout ce qui se déroulait.

— Il n'a pas communié, a noté Irène. Je me demande si on peut encore croire au Seigneur après tout ça, a-t-elle ajouté.

Elle nous a soûlés pendant toute la route. On a eu droit au couplet sur la petite qui « paraissait si perdue », sur la femme de « ce malheureux Tonio qui a hurlé sa douleur au moment où le curé a béni le cercueil », sur le fumier « qui avait détruit cette famille », et « Tonio qui adorait son gosse ». Elle nous a pris à témoin :

— Comment peut-on survivre à un drame pareil ? Moi, je ne pourrais pas.

Comme nous tous, elle avait été particulièrement impressionnée par l'image de « ce pauvre Tonio, seul, debout, ne lâchant pas la main de sa petite fille ». Irène était au bord des larmes mais, heureusement, nous étions arrivés. Elle a eu encore le temps de demander :

— Monsieur Delmas, comment elle s'appelle, déjà, la petite ?

Le patron n'a pas répondu.

Quant à moi, j'avais vécu cette journée comme un véritable pensum, une épreuve, et pas seulement parce que la cérémonie avait été interminable. Ne pensez surtout pas que je sois un être insensible, mais mettez-vous à ma place, je ne suis pas un monstre quand même ! J'ai été touché moi aussi par l'émotion de cette famille et de tous ces amis qui l'entouraient. Certes, c'est le gamin qui s'est jeté sur ma voiture, mais je n'ai pas pu m'empêcher de me sentir un peu responsable de tant de tristesse. Toute cette histoire, c'est vraiment la faute à pas de chance et il a fallu que ça tombe sur mon dos.

En m'approchant d'eux, j'ai eu du mal à retenir des larmes, et il ne m'a pas été facile de prendre Rodriguez dans mes bras et de lui souffler :

— On est tous avec toi, Antonio. Courage, mon vieux.

Je l'ai même regardé dans les yeux et j'ai été effrayé de les voir si rouges. J'ai aussi embrassé sa petite puis, pris dans mon élan, sa pauvre femme et ses parents. Après tout, c'était parce que le gamin avait heurté ma voiture que nous étions là. Quelle déveine pour nous tous ! Les minibus sont arrivés peu après.

— Dites-leur de rentrer chez eux, m'a dit M. Delmas. La journée est foutue. Alors, foutu pour foutu, autant fermer. Vous pouvez aussi rentrer chez vous, Jean-Pierre.

J'ai répondu que j'avais du travail en retard et je l'ai suivi. Les gars ont apprécié que le patron les libère.

Grâce à de petites attentions comme celle-là, il sait se faire apprécier. C'est vrai que je les entends rarement dire du mal de lui. Sauf hier, lorsqu'ils ont appris de la bouche d'Irène que M. Delmas n'avait donné que dix euros pour la gerbe de fleurs. Pour tout dire, le boss ne s'est pas foulé : il a donné autant que moi. Et franchement, comme les gars, je n'ai pas trouvé ça très classe. M. Delmas m'a déçu pour la première fois en dix ans de boîte.

Jusqu'au dernier moment, les enfants ne se sont doutés de rien. Il avait même fallu que Christine se fâche pour qu'ils se dépêchent. La perspective de passer la journée chez mamie ne les enchantait pas, ils auraient préféré rester jouer à la maison.

— Mamie a préparé des crêpes, a menti Christine.

Amandine rêvait d'autre chose pour son anniversaire. Elle nous l'a dit et j'ai cru que Christine allait la baffer. Heureusement, elle s'est retenue. Les enfants n'ont pas tout à fait tort, il n'y a rien de plus déprimant que de passer une journée d'anniversaire chez sa grand-mère.

— Mamie nous attend pour déjeuner. Vous savez qu'elle n'aime pas que nous soyons en retard.

J'ai fait semblant de l'appeler sur mon portable : « Nous partons, Geneviève. Si ça roule, nous serons là vers midi. » J'ai ajouté : « Je vous embrasse, Geneviève. À tout de suite ! »

— Mamie est pressée de vous voir, les enfants, ai-je habilement commenté après avoir raccroché.

— Pas nous ! a osé Kévin.

Christine a préféré ne pas relever. Ce n'était pas le moment de gâcher la journée, mais j'ai bien senti qu'elle était vexée. Elle me reproche régulièrement de monter les gosses contre leur grand-mère et de leur faire préférer mes parents. Objectivement, en dehors de toute polémique stérile, c'est plus amusant pour des enfants de jouer sur la plage de La Baule que dans un bled paumé du Val-de-Marne. Christine refuse de l'admettre et j'ai décidé de ne plus jamais aborder le sujet. Pour avoir la paix, j'évite au maximum de lui donner l'occasion de tirer la gueule, son passe-temps favori.

Les enfants ont regardé leur vidéo-disque pendant le trajet et ils n'ont pas vu le panneau annonçant Eurodisney dans vingt kilomètres, c'était notre principale crainte. Mais quel bonheur de voir leur joie quand ils ont aperçu au loin les tours du château de la Belle au bois dormant. Grâce au comité d'établissement, j'ai pris un forfait week-end à Eurodisney. Ça m'a coûté 375 euros pour deux jours avec une nuit au Disneyland Hôtel, mais je savais que mes petits seraient si heureux. Christine avait été plus difficile à convaincre. Elle aurait préféré que nous fassions un goûter avec les copines d'Amandine dans le jardin, avec, comme l'an dernier, un clown pour faire l'animation.

— Merci, papa ! a crié Amandine.

— Et maman ? ai-je réclamé.

— Et maman !

Qu'il est doux le baiser de ma petite fille dans le cou.

Pendant deux jours, nous avons bien profité de toutes les attractions, fait cinq fois le Monde des poupées et trois fois le Train de la mine en levant bien les bras en l'air quand ils prennent la photo dans une descente. J'ai acheté la photo malgré son prix exagéré. Que ne ferions-nous pas pour nos enfants ! Enfin et surtout, au petit déjeuner, Mickey en personne a apporté son gâteau d'anniversaire à ma petite. Christine a fini par se détendre, même si elle a souvent râlé en découvrant la durée des files d'attente. Tout ça pour dire à quel point nous avons passé un week-end inoubliable. De mon côté, je me suis tellement régalé que j'ai fait tout seul Space Mountains. Les enfants sont trop petits et Christine déteste ça.

Sur le parking, alors que je range les bagages, Christine m'appelle :

— Jean-Pierre ! Viens voir !

Elle vient de découvrir les rayures sur l'aile droite. Je fais l'étonné :

— C'est quoi, cette connerie ?

Je me penche sur l'aile, examine de près les fines rayures, les frotte du doigt et je conclus, fâché :

— Elles n'étaient pas là, ce matin. Je les aurais vues.

J'examine longuement les dégâts. Elle dit :

— Y a un peu de peinture rouge. Regarde.

— C'est sûrement le mec qui était garé à côté qui m'a fait ça et il est parti sans laisser de mot, le salaud, dis-je en faisant mine de vérifier qu'il n'y a pas un message glissé sous l'essuie-glace.

— Les gens, je te jure…

— Y en a au moins pour 300 euros.

— Tu crois ?

— Au bas mot. Ça monte vite, ces conneries. Il va falloir tout repeindre.

— Tu devrais aller te plaindre à l'hôtel. Ils doivent avoir une assurance.

— Je préfère laisser tomber. On va perdre un temps fou. Je ferai jouer l'assurance demain. Il n'y a rien d'autre à faire, crois-moi.

Christine hoche la tête, fataliste.

— Les gens sont vraiment dégueulasses. Ça me gâche la journée, cette histoire.

— Laisse tomber, je ferai payer l'assurance. Je leur file assez de pognon chaque année.

Ces traces rouges sont les dernières marques de l'accident et je compte bien faire banquer l'assurance, mais pas tout de suite, ça pourrait attirer l'attention. D'après ce que j'ai appris, les flics déploient les grands moyens pour retrouver l'auteur de l'accident. J'ai lu dans le journal qu'ils avaient déjà relevé des traces de peinture verte sur le vélo du gamin et, bientôt, ils révéleront qu'elles proviennent d'une Renault Espace. Pour l'instant, je ne me sens pas très inquiet mais il faut que je fasse gaffe. La semaine dernière, j'ai remplacé le phare avant fendu, je l'ai payé en liquide chez un concessionnaire du 93 et j'ai effectué tout seul le remplacement. C'est pas facile, mais je suis suffisamment bon bricoleur pour ça, et j'ai cassé le verre usagé et je l'ai semé par petits bouts sur la route. Mais ces traces rouges m'inquiètent : elles sont à peine visibles, mais si une femme comme Christine, qui d'ordinaire s'en fout pas mal, les a repérées, cela veut dire que tout le monde peut les voir. Ça m'inquiète sur le coup et je me dis qu'il faut que je trouve un moyen de les faire disparaître rapidement, discrètement, comme pour le feu avant.

Nous sommes partis aussitôt et nous avons mis près de deux heures pour rentrer à la maison, tellement l'autoroute de l'Est était chargée. Amandine s'est endormie, la peluche de Winnie l'Ourson serrée dans ses petits bras.

Je me sens vraiment heureux ce soir. À peine rentré, je défie Kévin à la Play. Je suis sur le point de gagner quand Christine nous appelle pour le dîner. Il n'est que 19 h 30 mais « demain il y a école et les enfants ont assez joué pour aujourd'hui ».

— Pour une fois que papa allait me battre, commente mon fils, tout sourires.

Ce gosse est comme son père : il n'aime pas perdre.

Plus les semaines passent, plus je me sens à l'abri. J'ai suivi l'enquête dans *Le Parisien.* Les gendarmes semblent baisser les bras. C'est un certain commandant Peyrot, un grand type tout en muscles et presque imberbe, qui, selon le journal, dirige l'enquête. Il l'a reconnu à demi-mot dans le dernier article paru la semaine passée en page locale sous le titre : « Affaire du chauffard de la départementale 2, les enquêteurs dans l'impasse ». « Nous recherchons le propriétaire d'une voiture verte. Des traces de peinture ont été relevées sur le vélo du petit garçon, mais en quantité si faible que nous n'avons pas pu déterminer avec précision la marque du véhicule. » « L'affaire risque-t-elle d'être classée ? » a demandé ensuite le journaliste. « Ce genre d'enquête n'est jamais abandonné, a répondu le commandant d'un ton assuré, mais la chance ou les remords de l'assassin peuvent encore faire évoluer favorablement nos investigations. » « Les remords ? » a interrogé le journaliste. « Comment peut-on continuer à vivre avec la culpabilité d'avoir fui après avoir tué un enfant? a renchéri le commandant Peyrot. Comment peut-il se regarder dans la glace le matin? Il faut que ce meurtrier vienne avouer, ne serait-ce que pour soulager sa conscience. Qu'il songe un instant à la douleur de la famille qu'il a détruite. Je fais appel à son reste d'humanité. »

Et puis quoi encore ? Il voudrait que je me livre et que je passe aux yeux de tous, et surtout de mes propres enfants, pour un salopard ? Que je perde tout, alors que c'est le gamin qui s'est jeté sur ma voiture ? Qu'il soit rassuré, je dors parfaitement et je ne me coupe pas en me rasant ! J'ai une famille à défendre dans cette histoire. Je n'en ai rien à cirer que le gamin ait été encore vivant, comme l'écrit ce journaliste en conclusion : « Quand le meurtrier a pris la fuite lâchement, l'enfant aurait pu être sauvé. » Qu'est-ce qu'il en sait, ce connard ? Je ne supporte pas les donneurs de leçons. Qu'il se demande d'abord ce qu'il aurait fait à ma place, au lieu de me traiter de lâche.

Christine évoque de temps en temps ce qu'elle appelle « le drame de cette malheureuse famille ». Elle affirme qu'elle a été touchée comme si elle connaissait les Rodriguez. « Les pauvres gens. Pourvu que ça ne nous arrive jamais. Je ne m'en relèverais pas », assure-t-elle. Depuis, elle a interdit aux gosses d'aller jouer dans la rue sans surveillance car, dit-elle, en me prenant à témoin avec une étonnante insistance, « de nos jours, on n'est pas à l'abri des malades ». C'est vrai que personne ne respecte la limitation de vitesse à trente kilomètres/heure imposée en ville. C'est vrai aussi qu'il n'est pas facile de rouler au ralenti et même moi, d'habitude si prudent, j'ai du mal à avancer au pas, surtout quand les rues sont vides. Elle a écrit au maire pour qu'il installe des ralentisseurs dans notre rue. Il lui a répondu que la sécurité faisait partie de ses priorités et que la mise en place de ralentisseurs était à l'étude.

— C'est des paroles en l'air, comme toujours avec eux, a-t-elle conclu en rangeant la lettre. Un jour il y aura un accident et je lui ressortirai ses promesses. J'ai conservé la lettre.

Christine m'assure qu'elle ne votera plus jamais pour lui, et elle veut aussi savoir si Rodriguez a repris le boulot, mais le patron lui a laissé le temps de se remettre.

— Comme si on pouvait se remettre de ces choses-là, a commenté ma femme. Ton patron est trop bon, a-t-elle ajouté quand je lui ai dit que Rodriguez était toujours payé.

Nous sommes en mai.

— Je ne sais pas si on le reverra avant les vacances. Je ne sais même pas s'il reprendra le boulot et, en attendant, je dois jongler avec les intérimaires.

Une chose l'obsède, cependant, car je n'ai pas encore appelé l'assurance pour remplacer l'aile avant. Elle s'étonne :

— Toi, d'ordinaire si méticuleux avec ta voiture.

J'ai d'abord essayé de lui expliquer que je n'avais pas eu le temps, puis que je préférais attendre le retour des vacances.

— Ce ne sont pas des rayures qui empêchent la caisse de rouler, ai-je plaisanté.

— Elles font tache.

Et elle a proposé de s'en occuper.

— On paie assez cher pour ne pas leur faire ce cadeau.

J'ai eu beau lui répéter que c'était à moi de le faire, elle s'entête pour une raison que j'ignore. Malgré son acharnement, je parviens à tenir bon et, si je cède, ce sera seulement à la rentrée de septembre. J'ai besoin de gagner du temps, bien trop conscient des risques que je prendrais en déclarant l'accident. Je sais, pour l'avoir lu dans le journal, que les flics ont interrogé tous les garagistes du coin et fait le tour des assureurs. Ce n'est pas le moment de faire une connerie alors que j'ai réussi à passer entre les gouttes.

Je sais aussi que Christine ne me lâchera pas avec cette histoire. Au retour des vacances – mais pas avant –, je ferai établir un devis par un carrossier du 93 et je l'enverrai à l'assurance. Je suis certain que la somme ne sera pas assez importante pour qu'ils dépêchent un expert, mais ces fumiers seront bien capables de retenir la franchise de 120 euros. En matière d'assurance, c'est toujours le con qui paie !

Jusque-là, il faudra que je supporte les jérémiades de ma charmante épouse. Courage, mon gars !

Nous n'avions pas revu Rodriguez depuis le jour des funérailles de son gamin. Irène nous avait prévenus qu'il devait reprendre le boulot après le week-end de la Pentecôte :

— Tonio a dit à M. Delmas qu'il avait besoin de bosser. Chez lui, il devient maboul à force de tourner en rond. Je le comprends, il y a de quoi devenir dingue. Sa femme est en pleine dépression et la gamine fait pipi au lit. Pauvre gosse.

Irène prétend tout savoir, il ne s'est pas passé un jour sans qu'elle nous en parle. Cette femme n'a rien dans sa vie, ce deuil est aussi le sien, et elle nous bassine avec, mais personne, moi le premier, n'a osé lui demander de changer de sujet. Pourtant, la majorité des gars pense comme moi. C'est évidemment très triste ce qui lui est arrivé et on ne le souhaite à personne, mais, à la longue, ça devient gonflant.

— Tout le monde a des emmerdes dans la vie, m'a confié Mlle Dupouy, la chef de la compta. Je ne sais pas si vous êtes comme moi, monsieur Boulard, mais j'en ai plein les bottes de l'entendre parler de son Tonio.

— Il faut la comprendre, Noémie, ai-je répondu. Irène s'est toujours inquiétée pour les autres. C'est un peu notre maman à tous.

— J'ai déjà une maman et elle me suffit bien. Non, cette femme n'est heureuse que dans le malheur des autres.

— Elle est plus à plaindre qu'à blâmer, ai-je tenté.

En vain. Mlle Dupouy est vraiment remontée contre l'assistante du patron. Et ça ne date pas d'hier... Ce matin encore, elle m'en sort des vertes et des pas mûres : « Elle est grosse et moche, elle n'a rien dans sa vie. Derrière sa façade de gentille, c'est une vraie méchante. » Il faut dire qu'Irène ne l'épargne pas beaucoup. Mettez côte à côte deux gonzesses, une vieille peau et une jeune plutôt baisable, ça ne peut faire que des étincelles.

— N'oubliez pas qu'elle a fait courir le bruit que je couchais avec le patron. Moi, en tout cas, je ne l'oublierai jamais, cette malfaisante !

Ça, personne ne l'a oublié. L'histoire a alimenté les conversations l'an passé, quand M. Delmas l'a bombardée chef du service compta à vingt-six ans. C'est certain, il y en avait sûrement de plus qualifiés qu'elle. Elle avait su remuer du cul au bon moment et Lenoir, à qui le poste était normalement promis, avait commenté : « Je ne sais pas s'il la nique, mais il s'est bien fait baiser. » Deux mois plus tard, Lenoir avait été viré. « M. Delmas a parfaitement vu qu'il était nul, m'avait expliqué Noémie à l'époque. De toute façon, c'était lui ou moi. Je ne manque pas de propositions, croyez-moi. »

Je ne saurais l'expliquer mais Mlle Dupouy m'a à la bonne. Elle se mêle peu aux autres mais vient souvent me parler et nous nous retrouvons parfois à la cantine quand M. Delmas ne la garde pas pour lui. Je sais beaucoup de choses d'elle, son mec, son chien, son appart, ses vacances au Club Med, et quand elle juge sévèrement « ce paquet de cons qui travaillent à la boîte », je suis content de ne pas en faire partie. Si elle n'était pas la chasse gardée du patron et si je n'avais pas pris la résolution de me tenir à carreau, surtout dans la boîte, elle serait bien le genre de petite salope que je me farcirais. Je me demande souvent comment je réagirais si elle me faisait du rentre-dedans. Faut reconnaître qu'elle a un joli petit cul. La gueule, ce n'est pas tout à fait ça, mais le cul…

— Le boss doit la baiser avec un sac sur la tête, rigolent les gars.

Ce jour-là, j'ai ajouté, histoire de les faire marrer :

— Sauf s'il la prend en levrette !

Comme si je n'étais pas capable, moi aussi, de faire de bonnes blagues !

Les gars m'ont regardé d'un drôle d'œil. Ils n'ont pas l'habitude que le numéro deux de la boîte plaisante avec eux. J'ai la réputation d'être un chef assez strict et plutôt distant. Avec moi, comme on dit, « on n'est pas là pour la déconne ». Mais cette bonne blague m'avait échappé. Comme quoi, même les meilleurs peuvent se louper. Un silence gêné s'est installé et je suis remonté dans mon bureau, bien décidé à éviter désormais ce genre de familiarités. J'avais oublié la règle de base : quand on est le boss, il faut garder ses distances avec les employés.

Ce mardi matin, elle est à la fenêtre de mon bureau, un gobelet de café à la main. Et je me contente de l'observer à la dérobée.

Elle vient souvent boire son café du matin chez moi, « avant de plonger dans les comptes ». Je sais qu'elle se fait sauter par le patron. S'ils croient que leur petit manège m'a échappé… Sinon, comment serait-elle arrivée aussi vite et aussi haut, après avoir obtenu la peau de Lenoir ? Tiens, en voilà un autre qui n'a pas retrouvé de boulot depuis.

Elle s'est retournée si rapidement qu'elle a dû surprendre mon regard posé sur elle. Elle s'écrie, tandis que je sirote mon café à petites gorgées :

— Venez voir, monsieur Boulard ! Vite !

Après tout ce temps, elle continue à m'appeler « monsieur ». Je préférerais « Jean-Pierre », comme je le lui ai dit une fois, mais elle « n'y arrive pas ». Je demande :

— Qu'est-ce qui se passe ?

— Rodriguez !

Je sais, depuis plusieurs jours déjà, que Rodriguez reprend le boulot aujourd'hui puisque je me suis chargé d'interrompre le contrat de l'intérimaire. Mais je l'avais presque oublié celui-là, tout comme j'avais réussi à enfouir le souvenir dérangeant de la mort du gamin. Je la rejoins à la fenêtre et dis :

— Quoi, Rodriguez ?

— Il arrive. Et devinez qui court à sa rencontre ?

J'aperçois la forte silhouette de l'assistante du patron qui se précipite dans la cour.

— Irène, *of course* ! Elle n'en rate pas une. Toujours la première !

— Ouais, quelle connasse ! C'est vraiment un rapace, cette femme. Regardez : elle chiale maintenant !

De la fenêtre, je vois Irène prendre Rodriguez dans ses bras, et les gars les rejoignent les uns après les autres.

— C'est dingue comme il a maigri, commente Noémie. On le reconnaît à peine.

La grosse Irène ne le lâche qu'après lui avoir parlé longuement. Il reste silencieux, ses yeux se lèvent vers le bâtiment, et j'ai soudain l'impression qu'il ne voit que moi. Il me fixe comme on regarde une bouée de sauvetage. Il n'est qu'à quelques mètres de moi, mais, poussé par je ne sais quoi, je m'éloigne de la fenêtre en détournant les yeux.

Antonio

Je n'arrive pas à me détacher d'elle, car elle me serre très fort et ses larmes m'empêchent de la repousser. Je ne supporte plus qu'on me dise : « Heureusement qu'il vous reste la petite. » Elle croit pouvoir m'apporter un soulagement en prononçant ces mots que je ne veux plus entendre ? Comme si la présence d'un enfant pouvait faire oublier la mort de l'autre ! Non, c'est tout aussi dur que si j'avais perdu un unique enfant, et la perte de mon petit ne s'effacera jamais. Mais je n'arrive pas à le lui dire et je la tiens, sanglotante, contre moi. Je parviens seulement à prononcer : « Ça va aller, merci, Irène », mais elle ne veut toujours pas me lâcher. Elle est collée à moi et son parfum entêtant finit par me dégoûter. Je sens ses larmes le long de ma joue. « Mon pauvre Tonio, quel malheur », murmure-t-elle dans mon oreille. Je ne réponds pas. Que voudrait-elle que je dise ? Que je suis malheureux, que ma vie est foutue, que je reprends le boulot parce que tout m'est insupportable ailleurs ? Elle ne me comprendrait pas. Le père d'un enfant tué par un chauffard ne peut qu'être vaincu par la douleur. Je préfère garder le silence et l'entendre me plaindre « de tout son cœur ». Je voudrais qu'elle me laisse tranquille, qu'on m'oublie, mais elle est prise de soubresauts et je ne sais pas comment réagir. Je lui tapote gentiment le dos. Je voudrais tant qu'elle s'éloigne.

Je lève les yeux. J'aperçois M. Boulard à la fenêtre ouverte du premier, c'est le chef des ventes et je ne me souviens pas de lui avoir parlé une seule fois depuis que je travaille chez Gaboriaud. Retenu dans les bras de Mlle Irène alors que je sens les autres s'approcher, je ne vois que lui. Depuis combien de temps m'observe-t-il ainsi ? Il me regarde fixement, immobile. Pourtant, je ne discerne dans ses yeux aucune espèce de pitié, à l'inverse de tous ceux qui m'entourent à présent. Plutôt de la curiosité.

Plus tard, quand je repenserai à cet instant d'émotion, je ne retiendrai que les yeux noirs de M. Boulard posés sur moi.

Mlle Irène se détache enfin et s'écarte en se frottant les yeux. Je l'entends dire, prenant les premiers arrivés à témoin :

— C'est trop dur, pauvre Tonio.

Gênés, ils me serrent la main l'un après l'autre. Guiraud la garde longuement :

— On est tous avec toi, Tonio.

— J'espère qu'ils vont choper le fumier qui a fait ça, ajoute Frémion, celui qui conduit le second transpalette.

Ses mains sont moites, comme toujours. Les autres opinent et parlent entre eux, m'ignorant presque. J'entends, sans pouvoir les reconnaître : « c'est dégueulasse », « quand je pense que ce salopard court toujours », « je ne pourrais pas vivre avec ça ». Je réalise à quel point, à leurs yeux, ma vie est foutue. Que pourrais-je leur dire ?

Qu'ils me laissent tranquille ? Ils ne comprendraient pas, aussi je reste silencieux en les suivant vers l'entrepôt.

Guiraud foudroie Duprat du regard quand il dit sur le ton de la plaisanterie : « Au boulot, Tonio, ta machine est orpheline », et il se sent obligé de se tourner vers moi en hochant la tête, l'air de dire : « Il est vraiment toujours aussi con, ce type, ne fais pas attention. » Je ne lui en veux pas. Je sais combien il leur est difficile d'accueillir celui qui a perdu un gosse, ils ne savent pas trouver les mots. Duprat me tape sur l'épaule :

— Excuse-moi, mon vieux. Mais on est tous bouleversés.

— C'est pas grave, dis-je, je comprends. T'inquiète pas.

Duprat est soulagé mais il se croit obligé d'ajouter :

— Si tu as un coup de mou, les gars sont là. Tu peux compter sur nous, et sur moi !

Tous approuvent. Certains se sentent même tenus de prendre ma main à nouveau, de la serrer encore et encore, et d'autres de me taper dans le dos. J'ai leurs démonstrations de pitié en horreur, mais comment leur dire que je ne veux pas de leur sollicitude, de leurs marques d'amitié ? Je ne suis plus le Tonio d'avant, « le Portos », celui dont ils se foutaient gentiment quand la France tapait le Portugal en foot, le premier à rigoler quand ils lui demandaient si « les femmes de son pays avaient du poil aux pattes et la chatte comme une forêt vierge », et qui répondait que les Portugaises n'aimaient pas les petites bites des Français ; celui qui répliquait par un doigt d'honneur quand ils lui disaient qu'il ne déplaçait pas assez vite les palettes et imitaient son accent : « Tou vas bouger ton coul, poutain de

Portos ! » Celui qui avait toujours le sourire, et qu'ils aimaient bien.

Ils prennent mon silence pour de la pudeur, alors que ce n'est qu'un besoin impérieux de m'éloigner d'eux. Je voudrais tant qu'ils m'oublient pour pouvoir retourner tranquillement à ma machine.

Je ne sais pas pourquoi, avant de pénétrer dans l'entrepôt, je regarde de nouveau vers la fenêtre du premier. M. Boulard est toujours là, immobile. Nous sommes maintenant très proches l'un de l'autre et nos regards se croisent encore. Pourquoi a-t-il baissé les yeux et s'est-il soudain reculé ? J'ai à peine le temps de me poser la question que Guiraud me prend par le bras et me montre un transpalette garé dans un coin :

— Elle est là, ta machine. N'oublie pas, Tonio : on est tous avec toi, ajoute-t-il.

Ils ont attendu que j'y monte avant de se disperser et j'ai enfin pu commencer à travailler. Mais je ne parviens pas à me défaire du regard insistant de M. Boulard ni de la façon dont il a disparu dans l'obscurité de son bureau.

Je passe désormais à la gendarmerie tous les jeudis soir. Je n'attends plus grand-chose de mes visites hebdomadaires, car j'ai compris qu'ils n'ont toujours rien, qu'ils ne retrouveront pas l'assassin de mon fils. Trop de temps est passé à présent. Mais je viens quand même, car je veux surtout qu'ils n'oublient pas leur promesse de ne jamais lâcher. Alors, ce soir encore, je fais semblant de les croire quand ils me disent : « Nous avançons. » Je ne parviens pas à dissimuler mon angoisse et mon regard est si perdu qu'ils se sentent obligés d'ajouter :

— Il ne faut surtout pas perdre espoir. C'est important, monsieur Rodriguez.

Le commandant de gendarmerie, Antoine Peyrot, est d'une gentillesse désarmante. Il est grand, blond, presque imberbe, et paraît tout jeune, alors qu'il pourrait être mon père. C'est lui qui dirige la section de recherches. Il me reçoit toujours en personne et me répète que l'enquête ne sera close que le jour où ils auront mis la main sur le « fuyard », comme ils appellent l'assassin de mon fils.

— C'est bizarre, s'est étonnée un jour Sylvia, les gendarmes parlent toujours d'un fuyard, et jamais d'une femme. C'était peut-être une femme qui conduisait ?

Mais le commandant a été formel :

— C'est masculin. Aucun doute là-dessus.

Il n'en a pas fallu davantage pour que nous soyons persuadés que l'assassin de Victor est un homme. En toute franchise, nous préférons concentrer notre haine sur un homme plutôt que sur une femme.

Combien de fois m'a-t-il répété « Nous avançons » ? Désormais je n'en crois plus un mot, mais je fais semblant parce que je ne supporte pas qu'un salaud continue de vivre normalement quelque part. Car il est bien quelque part, celui qui a tué mon fils. Mais ils ne disposent d'aucun témoignage. Toutes les lettres anonymes et les dénonciations ont été vérifiées. Ils n'ont à leur disposition que les traces vertes relevées sur le vélo. « C'est une Renault, m'a-t-il concédé un jour. Cela représente plusieurs milliers de véhicules à contrôler, mais nous avançons, monsieur Rodriguez. » Un autre jour, il m'a dit que « ce serait trop injuste autrement ».

Son second, le lieutenant Paul Favier, est en revanche plus revêche, plus direct, moins sympathique. Il est le premier que j'aie aperçu le soir de l'assassinat de mon fils, celui qui a dit : « Il est mort. » Je l'ai su dès que j'ai aperçu le corps recroquevillé de Victor dans le champ de maïs, avec tout ce sang sur le visage. Mais c'est tellement dur d'entendre : « Il est mort. »

— N'approchez pas, m'a-t-il demandé fermement. Nous devons recueillir des indices.

Je lui ai obéi, renonçant à me précipiter vers le corps de mon enfant. Il m'a pris par le bras et m'a immédiatement informé que mon fils avait été renversé par une voiture et que le chauffard s'était enfui en l'abandonnant dans ce champ. Je me suis réfugié dans ma voiture. Je les ai regardés installer un périmètre de sécurité tandis que d'autres ramassaient je ne sais quoi dans l'herbe.

Combien de fois cette nuit-là étais-je passé ici sans rien voir ? Mon téléphone sonnait mais je ne parvenais pas à répondre. J'avais fini par l'éteindre, je savais que seule Sylvia pouvait m'appeler avec autant d'insistance. Impossible de lui parler maintenant, je n'aurais pas su comment lui dire qu'on venait de retrouver Victor. Victor dont le nom rimait avec mort. Je n'arrivais pas à me sortir cette idée de la tête : « Victor rime avec mort. » J'ai bêtement pensé aussi que je n'irais pas travailler ce jour-là, que, chez Gaboriaud, ils allaient se demander ce que je foutais, car en huit ans de boîte je n'étais jamais arrivé en retard. Le jeudi est le jour où il y a le plus de boulot aux « expés ». Faut être con pour penser à des choses pareilles à ce moment-là ! Je me dis aujourd'hui que c'était pour ne pas croire ce que j'étais en train de vivre. Ne pas voir l'ambulance des pompiers ; oublier que l'on mettait le cadavre de mon fils dans un sac noir, si grand pour lui que j'ai vu son corps glisser dedans quand deux pompiers l'ont attrapé ; ne pas regarder la bicyclette rouge que nous lui avions offerte à Noël, déjà rangée à l'arrière d'une fourgonnette aux portes ouvertes. Et cette question qui me poursuit toujours : « Comment Sylvia a-t-elle pu le laisser sortir seul, hier soir ? » L'ambulance s'était éloignée dans un bruit assourdissant. J'aurais voulu la suivre, mais celui qui m'avait dit que mon petit était mort s'est assis à mes côtés. Je me suis tourné vers lui, peut-être espérais-je encore qu'il allait me dire que Victor pouvait être sauvé. Il tenait sa casquette à la main et j'ai remarqué la trace bien rectiligne qu'elle avait laissée dans ses cheveux coupés court.

— Monsieur Rodriguez, votre fils est décédé à la suite de ses blessures. Vous pouvez être certain, avait-il poursuivi avec la même froideur, que nous allons tout mettre en œuvre pour retrouver celui qui a fait ça. Son auteur ne restera pas impuni.

J'avais seulement pu répondre :

— Il est mort, vous êtes sûr ?

— Oui, monsieur Rodriguez. Quand les secours sont arrivés sur les lieux, votre fils était déjà mort.

Et alors, pour la première fois, j'avais enfin pleuré, la tête sur le volant. Jusque-là j'avais retenu mes larmes, dans l'espoir, peut-être, d'un miracle.

— Rentrez chez vous maintenant. Ça ne sert à rien de rester là.

Il m'avait assuré qu'ils finiraient par l'avoir.

— Mais il faudra être patient, monsieur Rodriguez. C'est le genre d'affaire qui demande du temps. Je suis vraiment désolé pour vous, avait-il ajouté.

Puis, après un long silence :

— Vous voulez qu'on vous raccompagne ?

J'avais fait non de la tête et il n'avait pas insisté. Il m'avait semblé qu'il était soulagé en sortant de la voiture. Deux policiers avaient interrompu la circulation pour me permettre de faire demi-tour. J'avais rallumé mon portable et j'avais seulement dit à Sylvia que j'arrivais. Elle avait encore rappelé. Je l'entendais pleurer en me suppliant de lui dire ce qui se passait, mais j'avais simplement répété : « Je viens », et j'avais raccroché. Le téléphone avait encore sonné et je n'avais pas répondu. Notre fils était mort, à quelques centaines de mètres de chez nous. Je n'ai pas eu besoin de lui dire que Victor était mort, elle l'a aussitôt compris en me voyant approcher. Personne ne peut dissimuler sa douleur.

Dès que j'étais arrivé à la maison, la veille au soir, ce n'était pas de l'inquiétude mais de la peur qui nous avait saisis, Victor n'était pas revenu de sa balade en vélo. Sylvia était déjà persuadée qu'il lui était arrivé quelque chose. Tout comme moi, elle ne voulait pas croire qu'il avait été enlevé, mais nous y pensions très fort tous les deux, c'était impossible autrement.

Je n'étais pas d'accord pour qu'il sorte à la nuit tombante, et je l'avais répété, pourtant elle m'avait désobéi. Peut-être avait-elle lu un reproche dans mon regard, car elle avait ajouté : « Victor a tellement insisté… » Je l'avais prise dans mes bras et je l'avais entendue murmurer : « Pardon. »

— Je vais le retrouver. Il doit traîner avec des copains.

Un instant, nous avions repris confiance, et j'étais parti aussitôt. J'avais tourné dans le lotissement, puis sur les petites routes désertes, et j'avais emprunté des chemins de terre. J'avais hurlé son nom au milieu de nulle part. J'avais également dérangé les Pémalloux et les Bénazzi, mais non, leurs gamins n'étaient pas sortis avec Victor. J'avais refusé qu'ils m'aident à le chercher et je m'étais montré rassurant :

— Il va prendre une sacrée rouste à son retour.

— Les gamins, il faudrait les attacher, m'avait dit Mme Pémalloux.

— N'hésitez surtout pas à faire appel à moi, avait ajouté son mari.

J'avais répondu que ce ne serait pas utile, mais j'avais bien vu que pour rien au monde ils n'auraient voulu être à ma place. Sylvia m'appelait régulièrement. J'espérais tant qu'elle m'annonce qu'il était revenu, je me faisais une joie à l'avance de lui passer un savon, de le priver de vélo pendant un mois. Mais non, elle voulait seulement savoir si j'avais du nouveau. Il fallait que je la rassure encore et encore.

— Tu es allé voir à l'ancien lavoir ?

— Non, pas encore.

— On ne sait jamais…

J'avais compris à quoi elle pensait. En y arrivant, je n'avais qu'une crainte : apercevoir le corps de mon fils flottant dans la rivière. J'étais soulagé, presque heureux, car Victor n'y était pas, mais, à la maison, Sylvia s'affolait. J'avais crié dans le téléphone :

— Calme-toi, c'est pas comme ça qu'on le retrouvera.

— Oui, oui. Excuse-moi, je suis tellement inquiète.

— Je vais le retrouver. Je te le promets.

J'avais mis tant de conviction dans cette promesse qu'elle avait fini par se calmer, mais aujourd'hui cette promesse me paraît tellement dérisoire…

Elle m'avait ensuite suggéré d'aller à la gendarmerie. Ils m'avaient immédiatement pris au sérieux. Plusieurs hommes avaient été appelés pour participer aux recherches. J'étais toujours aussi inquiet mais, au moins, je ne me sentais plus seul. J'ai passé la nuit à suivre leurs efforts, et Sylvia continuait de me téléphoner. Elle suppliait que je vienne la chercher, mais j'ai refusé car il fallait qu'elle reste à la maison pour la petite, pour attendre Victor. Quand, vers 7 heures, un grand type blond en uniforme s'était approché de moi, dans un silence général, j'avais compris. Il s'était présenté :

— Bonjour, monsieur Rodriguez. Je suis le commandant Antoine Peyrot. Je dirige la section de recherches.

— Bonjour.

J'avais compris, mais sans doute parce que je refusais d'entendre l'inéluctable, j'avais aussitôt demandé s'ils avaient du nouveau. Il avait répondu sans me quitter des yeux :

— Oui. Il faudra être courageux. Le lieutenant Favier va vous accompagner.

Sur l'instant, je n'avais pas voulu en savoir davantage, et j'avais seulement dit que je le suivrais dans ma voiture, mais, tandis que je m'approchais de Sylvia, je me suis demandé pourquoi je n'avais pas réussi à trouver mon fils cette nuit-là, alors que j'étais passé tant de fois sur cette route. Cette question me hante depuis : si je l'avais découvert, aurait-il été sauvé ?

Peut-on survivre, après ça ? Il y a tant d'injustice dans la mort de notre fils. Il y a tellement de questions qui continuent à nous hanter, à nous poursuivre. Pourquoi l'a-t-elle laissé sortir ce soir-là ? Pourquoi s'est-il aventuré jusqu'à la route ? Aurait-il été sauvé si son assassin s'était arrêté ? A-t-il souffert ? S'est-il senti mourir ? Saurons-nous un jour qui a tué notre enfant ? Pourquoi ai-je été incapable de le trouver ? Nous n'en parlons jamais avec Sylvia. À quoi cela servirait-il, sinon à nous faire du mal ? Et ce mal, cette douleur, je n'en veux plus. Car je veux revivre après ça, oublier ces questions si douloureuses qui, je le sais, la hantent, elle aussi.

Chacun de son côté, nous avons fini par reprendre notre vie d'avant. Elle, à l'hôpital Charcot, moi, chez Gaboriaud. Sauf que le soir nous ne sommes plus que trois à table. Parfois Priscilla se trompe encore, elle pose quatre assiettes avant de remonter jouer et l'un de nous retire les couverts inutiles, sans prononcer un mot. Nos repas sont le plus souvent silencieux et rapides. Heureusement que Priscilla est là pour nous éviter un face-à-face douloureux. Elle occupe nos dîners en racontant ses journées à l'école, ses copines, ses cours de danse, sa vie de petite fille curieuse, tout ce qui nous mettait en joie auparavant. En revanche, elle évoque rarement son frère, sauf pour réclamer ses jouets. « Elle n'a pas encore réalisé. Les enfants n'ont pas la même relation avec la mort que les adultes », a tenté de m'expliquer ma mère, à qui je faisais part de mon étonnement sur l'indifférence de notre fille à l'égard de son frère disparu. Depuis, j'ai compris qu'elle savait. Elle savait que nous n'aimions pas que l'on parle de lui et elle avait choisi de taire sa peine pour ne pas réveiller la nôtre. Trop concentrés par le souci permanent de ne pas penser à notre douleur, nous ne devinions pas la sienne.

Après le dîner, je ressens comme un soulagement quand, après avoir rangé sa cuisine, Sylvia passe à ma hauteur en disant d'une voix lasse :

— Je vais me coucher.

Je réponds :

— Bonne nuit, ma chérie.

— N'oublie pas de vérifier que Priscilla a bien éteint.

Puis, comme avant, elle me caresse la main en passant à ma hauteur, un geste maintenant presque machinal et obligatoire. Cet ultime lien affectif entre nous maintient l'espoir d'un futur possible, l'idée que nous sommes toujours unis.

J'entends couler l'eau dans le lavabo. Je sais qu'elle avale un cachet, sinon elle ne trouverait pas le sommeil. Pendant des mois nous avons vécu en pointillé, à nous observer, espérant seulement qu'aucun de nous ne s'effondre.

Les week-ends sont encore plus pesants. Plus que jamais, j'accepte de travailler au noir avec mon cousin qui est peintre, et il me paie cinquante euros par jour. Je le ferais pour rien car je ne supporte plus de rester à l'appartement. Les week-ends où il n'a pas de boulot pour moi, je m'oblige à bricoler dans la cave, je m'acharne sur la maquette en bois d'un trois-mâts et je remplis les papiers, tandis qu'elle accompagne Priscilla à la danse, puis à Parly 2 où elle dépense pour la petite plus que de raison. Je n'ose rien dire quand je fais les comptes, je crains le moindre incident qui ferait éclater le fragile équilibre dans lequel nous nous sommes installés tous les trois.

Depuis peu, sans même me prévenir, elle a demandé à travailler le dimanche. Là encore j'ai préféré ne rien dire. Au contraire, j'avoue que j'en ai été soulagé. Je m'occupe de Priscilla le matin et je passe l'après-midi devant la télé. À son retour, je m'échappe à la cave et je ne reviens que pour passer à table. La maquette est presque terminée et j'en ai acheté une autre encore plus difficile à monter.

Dans l'entrée, au-dessus du guéridon, nous avons laissé la photo de Victor prise à Noël dernier, au moment où il découvre son cadeau. Il y a tellement de joie dans son regard. Il la voulait tant cette bicyclette rouge. Je voudrais déplacer le cadre, et que ce rappel permanent de cet instant de bonheur disparaisse. Un samedi matin, j'ai tenté de l'enlever, mais j'ai aussitôt renoncé. Elle a dit « non », et j'ai reposé la photo de mon fils vivant, si souriant.

Nous n'avons pas touché à la chambre de Victor. La clef est cachée dans le tiroir de ma table de nuit. Nous ne voulons pas que Priscilla y entre et, quand elle réclame un jouet de son frère, l'un de nous va le chercher. J'y viens parfois lorsque je suis seul à la maison, et je vois qu'elle y fait le ménage. À la marque laissée sur le lit, je comprends qu'elle s'est assise, je sais alors qu'elle a pleuré en serrant sa peluche, mais elle ne m'en parle jamais.

L'urne de bronze qui contient les cendres de Victor est posée sur l'étagère, à côté de sa collection de « Chair de poule » ; ces livres lui faisaient si peur qu'il hurlait et qu'il fallait monter le calmer. Je me fâchais, lui interdisais de les lire le soir, le menaçais de les jeter. Il pleurnichait, promettait de ne plus les ouvrir, mais il continuait à en acheter, c'était plus fort que lui. Comme, sans doute, d'avoir poussé jusqu'à la route ce soir-là, alors qu'il savait qu'il ne fallait pas. Souvent, je remarque que l'urne a été déplacée. Sylvia la serre-t-elle dans ses bras avant de la reposer ? Nous avions décidé de disperser les cendres dans l'océan, nous voulions le faire juste après la cérémonie. Puis, nous avons repoussé l'échéance aux vacances au Portugal, où nous retournons tous les ans, mais de cela aussi nous n'avons plus reparlé. L'urne est donc restée chez nous quand nous avons rejoint mes parents au village, au nord de Porto. En montant dans la voiture, nous y pensions tous les deux. J'en suis sûr, pourtant, à aucun moment, tandis que nous nous éloignions, nous n'y avons fait allusion.

Depuis des mois, je survis dans ce monde sans paroles, avec le seul espoir que, avec le temps, nous nous retrouverons.

Au village, je passe de bons moments de bonheur simple pendant lesquels je parviens à échapper au poids douloureux de la disparition de Victor. Tous les jours, nous allons pêcher avec papa et nous finissons l'après-midi au café, à jouer aux dés, selon le rite immuable des années précédentes. Sauf qu'il n'y a plus Victor pour nous agacer à courir partout et à réclamer en vain de jouer avec nous. Bien sûr, il y a eu toutes ces questions des parents et des amis sur les circonstances de la mort de notre fils. J'y réponds sans problème. Je suis révolté, comme eux tous, par l'incompétence des enquêteurs et ils n'insistent plus, trop soucieux de ne pas réveiller ma douleur.

Régulièrement, je vais visiter seul la maison que nous faisons construire sur les hauteurs du village. Nous y consacrons depuis six ans l'essentiel de nos économies. Avant, avec Sylvia, notre grand bonheur était de suivre l'avancée des travaux, de l'achat du terrain aux plans de l'architecte, des fondations au choix des carrelages, nous avons tout décidé ensemble. Cette maison de six pièces, sur son terrain de 1 200 mètres carrés planté d'oliviers, a grandi avec les enfants. Normalement, elle devrait être terminée l'année prochaine et j'ai dû engueuler le maçon parce que les travaux n'avançaient pas assez vite : « Je la veux pour l'été prochain. » J'ai insisté si violemment que le pauvre type s'est engagé à terminer la maison dans les délais. Mon père m'a dit que j'avais bien fait de le secouer. « C'est un connard de branleur », a-t-il commenté, tandis que nous trinquions à ma future maison. Ici, entouré des miens et de mes amis, j'ai enfin presque retrouvé la paix.

Cette année, Sylvia n'a pas voulu monter à la maison. Elle sait que j'y vais, elle m'écoute quand je parle de l'avancée des travaux, de mon engueulade avec le maçon, mais j'évite d'insister. J'ai trop peur qu'elle me dise qu'elle ne veut plus y vivre. Pendant ces semaines passées au village, j'ai feint de ne pas voir cette tristesse qui ne l'a pas lâchée. Je sais pourtant qu'elle sort peu et se contente d'accompagner ma mère au marché tous les matins. Elle l'aide à préparer les repas et passe l'après-midi allongée, à lire sous le tilleul. Personne ici ne songerait à lui reprocher sa mélancolie, tous connaissent trop le prix d'un enfant pour une mère. Ils s'efforcent simplement de ne pas lui montrer qu'eux aussi souffrent. Un soir, nous l'avons même surprise à rire à une mauvaise blague de Ronaldo, mon grand frère. Sa mélancolie a vite repris le dessus mais nous avions tous vu qu'elle avait ri. Sans le dire, car il y a des choses dont il est inutile de parler, nous avons alors espéré que ces vacances en famille lui faisaient du bien, et qu'elle avait trouvé ici un peu de soulagement. Les gens de chez moi sont gentils, ils savent qu'une maman ne guérit jamais de la disparition de son enfant, mais aucun d'eux ne nous a fait comprendre ce que nous savions déjà : que la mort de Victor nous accompagnerait jusqu'à la nôtre. Que ce fils perdu serait toujours là, présent, que chaque fois où nous penserions à lui, la douleur renaîtrait.

Une nuit, pour la première fois depuis la mort de Victor, je me suis rapproché de Sylvia. Sans prononcer un mot elle m'a pris sur elle, et j'ai joui en retenant un cri de joie. Ce soir-là, ce cri n'était pas celui du plaisir, mais celui de l'espoir. J'ai cru que Sylvia allait me suivre dans la voie de l'apaisement, mais je me suis trompé.

Nous avons peu parlé sur le chemin du retour, écoutant Priscilla jouer à l'arrière avec ses poupées. Ce n'est qu'à l'approche de la maison que Sylvia a eu ces mots que je n'oublierai jamais :

— Antonio, tu ne peux pas laisser l'assassin de ton fils continuer à vivre. Tu dois le retrouver et lui faire payer son crime. Il faut qu'il crève, cette ordure.

Nous étions arrivés et je n'ai pas eu le temps de répondre, ou plutôt je ne le pouvais pas.

J'ai compris qu'elle n'avait pensé qu'à ça pendant nos trois semaines de vacances, qu'il n'y aurait que ça qui pourrait peut-être la sauver.

Sylvia

Je n'ai cessé d'y penser pendant les vacances, puis tout au long de la route, mais j'ai attendu que nous soyons arrivés pour le lui dire. Antonio n'a pas répondu, ou plutôt il n'a pas voulu répondre. Je sais cependant qu'il a compris que seule la mort de l'assassin de mon enfant pourra m'apaiser. Ces journées passées chez nous n'ont été qu'une brève parenthèse, rarement apaisante, souvent douloureuse. Accablée à la seule pensée que l'assassin de mon Victor chéri soit quelque part, libre, peut-être heureux, cela me devient chaque jour un peu plus insupportable. J'ai laissé la haine à l'égard de cet homme m'envahir.

Antonio s'est garé devant l'entrée de l'immeuble. Je déteste cet instant où il faut que je descende de la voiture, que je monte l'escalier dans les pas d'Antonio, agressée par les souvenirs des jours heureux. Je voudrais que nous ne soyons pas revenus, que nous soyons restés là-bas, au village. Pendant le voyage, l'insupportable ennui de l'autoroute où nous avons avancé sans parler, j'ai même espéré que nous mourrions là, fauchés par un camion fou. Mais la haine a repris le dessus : je ne ferai pas ce cadeau à l'assassin de mon enfant. Je refuse d'oublier qu'il vit quelque part, je refuse que ma haine disparaisse avec le temps. Cette haine, je la garderai, je la cultiverai, elle sera ma seule raison de survivre, mon énergie. Je veux qu'il meure. Antonio doit me venger, et je ne veux pas savoir comment il va s'y prendre pour le retrouver. Peu importe, il faut que celui qui nous a détruits disparaisse à son tour. Antonio va apaiser cette haine, que je ne dissimulerai plus tant que le responsable de notre malheur restera en vie.

Je veux qu'il m'apporte la tête de l'assassin de mon fils.

Je le lui ai dit dans la voiture, juste avant d'arriver, comme une évidence. Il n'a pas répondu, mais je sais qu'il a compris que rien ne sera plus possible s'il laisse tomber. J'ai bien vu ces dernières semaines qu'il s'était résigné à ce que l'assassin de son fils ne soit jamais retrouvé, qu'il était prêt à accepter le destin. Ah ! ce mot insupportable à entendre et que l'on m'a si souvent répété ces mois derniers, pensant apaiser mon désespoir. Je refuse aussi le destin. Ce serait trop facile.

Pendant les vacances, j'ai tant souffert de voir Antonio heureux ou presque. Il s'amusait, riait avec ses amis, accompagnait son père à la pêche, alors que son fils aurait dû être avec lui. Antonio était si fier des poissons que prenait Victor, comment a-t-il pu y retourner ? Il n'a pas le droit de m'abandonner et de sortir de notre malheur. Cette douleur nous appartient à tous les deux. Je ne le laisserai pas s'échapper, et je le lui rappellerai tous les jours s'il le faut. Qu'il sache qu'il doit tuer cet homme, qu'il n'a pas le droit d'abandonner s'il veut, un jour, me retrouver. Alors seulement nous avancerons, nous partirons d'ici et nous reconstruirons notre vie. Il faut qu'il comprenne que rien ne sera possible avant qu'il n'ait tué l'assassin de mon fils. Tant qu'il ne l'aura pas vengé, je ne vivrai que dans le passé, dans le souvenir de mon enfant. Et dans la haine.

Antonio ouvre les volets de l'appartement, porte Priscilla jusque dans sa chambre, car la petite s'est endormie à l'arrière de la voiture. J'ai vu qu'elle avait ouvert les yeux un instant dans les bras de son père, mais la fatigue est trop forte et elle réclame son doudou pour s'endormir. J'entends Antonio déposer de délicats baisers sur ses joues, dire : « Dors, ma chérie », et refermer la porte. Je n'ai pas la force d'aller embrasser ma petite, je n'ai aucun courage et je m'assieds dans le salon, face à la photo de Victor.

Avant, qu'ils étaient joyeux nos retours de vacances, quand les petits redécouvraient leurs chambres, leurs jouets, se chamaillaient comme d'habitude, tandis que j'aidais Antonio à décharger la voiture. Les enfants réclamaient à manger, mais je ne me mettais à la cuisine que lorsque tout était rangé. Alors, je sortais deux pizzas du congélateur et nous dînions, heureux d'être de retour. Antonio ouvrait une bouteille de vin, et nous la finissions dans le salon en discutant de tout et de rien, surtout de l'envie que nous partagions tous les deux de retourner vivre un jour dans notre pays, quand les enfants seraient grands. C'est pour cela que nous faisions construire cette grande et belle maison neuve qui occupait nos rêves. Puis, nous montions nous coucher. Après nous être assurés que les petits dormaient, Antonio m'attirait contre lui et nous nous aimions. Nous vivions ces moments comme un rituel, certains que rien ne pourrait nous arriver désormais et que cette vie simple et heureuse était faite pour nous.

Antonio a été le seul homme de ma vie. Je l'ai rencontré à dix-neuf ans, toute contente de découvrir qu'il était d'origine portugaise, comme moi. Nous nous sommes mariés au pays l'été suivant et c'est seulement après qu'il m'a possédée pour la première fois. Je me souviens qu'il a pleuré cette nuit-là. « Nous serons heureux », m'avait-il promis. Se souvient-il encore de sa promesse, aujourd'hui ?

Je n'ai pas la force de l'aider et je ne bouge pas, tandis qu'il monte les valises et range dans le frigo tout ce que sa mère a préparé pour nous, des aliments qu'on ne trouve que là-bas et qui nous faisaient une semaine, avant. Je sais que je n'y toucherai pas.

— Ça va ? me demande-t-il. Tu veux manger quelque chose ?

Sa question me tire de ma léthargie et je réponds :

— Oui, fais réchauffer une pizza. Il en reste dans le congélateur.

Antonio s'éloigne sans un mot. Ma réponse l'a surpris, je le sais. Quelques minutes plus tard, je le rejoins dans la cuisine pour lui répéter avec la même détermination :

— Antonio, n'oublie jamais ce que je t'ai dit dans la voiture. Il faut que tu retrouves celui qui a tué notre fils. Tu as compris ?

Comme il ne répond toujours pas, je répète :

— Tu as bien compris que l'assassin de notre fils ne peut pas continuer à vivre ?

Il finit par lâcher un « oui » à peine convaincant. Son regard est perdu. Il faut que j'insiste encore pour qu'il dise enfin :

— Oui, je vais trouver ce fumier et je le tuerai. Je te le promets.

J'insiste encore :

— Comment pourrions-nous vivre en sachant que le tueur de Victor n'est pas puni ? Tu as pensé à ça, Antonio ? Moi, j'y pense en permanence. Ce serait trop injuste. Trop cruel, tu entends ?

— Oui, je comprends.

— Promets-le-moi.

Il n'hésite plus. Il n'a pas d'autre choix.

— Je te le jure. J'aurai ce type.

— Merci.

Je le regarde droit dans les yeux et je dis :

— Merci, mon amour.

La fermeté de mon regard lui fait comprendre que maintenant je ne lâcherai jamais. Jamais.

Je reprends le travail demain, je me coucherai tôt. Les cachets m'empêcheront de rester éveillée et je pourrai enfin me réfugier dans l'oubli. J'oublierai surtout que l'assassin de mon fils se couche auprès de son épouse et qu'il va lui faire l'amour. Je ferme les yeux, sachant que je vais plonger comme toutes les nuits dans des cauchemars douloureux. J'aimerais tant, maintenant, serrer mon Antonio dans mes bras avant de m'endormir. Mais je n'en ai plus le courage.

Au matin, une mèche blanche est apparue au milieu de mon front. Je ne l'effacerai jamais, certaine que c'est le signe que m'a envoyé Victor, mon petit.

Christine Boulard

Hier, par chance, je me suis réveillée avant lui et je me suis échappée sans un bruit. Mais ce matin, dans mon demi-sommeil, je l'entends tourner dans le lit. Il attend, se racle bruyamment la gorge et remonte la couette dans l'espoir que le bruit me réveillera. Mais je tiens bon, je ne réagis pas et garde les yeux clos. Je tente de gagner du temps dans l'espoir, sans doute inutile, qu'il renonce, ou que l'un de nos enfants vienne dans la chambre. Mais ils ne s'y risquent plus jamais le matin. Elle est finie, l'époque où ils auraient pu me sauver grâce à leur entrée intempestive pour réclamer un câlin à leur papa adoré. Ils sont trop grands maintenant, et ils descendent seuls préparer leur petit déjeuner.

Depuis combien de temps Jean-Pierre patiente-t-il ainsi à guetter mon réveil ? Je sais que je n'y échapperai pas, mais je continue à faire semblant de dormir. Je l'ai senti consulter sa montre à plusieurs reprises, mais il n'ose pas me secouer et craint ma réaction. Je fais durer quelques minutes encore. Maigre vengeance car, ce dimanche matin, il ne me lâchera pas. J'ouvre les yeux, comme étonnée de le trouver encore là, et je demande :

— Quelle heure est-il ?

— Bientôt 9 h 30.
— Déjà !
Je fais mine de me lever mais il me retient par le bras, et j'abandonne. Je n'ai pas envie de gâcher mon dimanche et qu'il fasse la gueule parce qu'il n'a pas baisé. Il s'est déjà collé contre moi. Il me caresse les seins à travers la chemise de nuit, je le sens contre ma cuisse, et je me tourne vers le mur. Il n'attend que ça pour se glisser en moi. J'accompagne son mouvement en gémissant doucement, comme cela il jouira plus vite, et nous serons quittes. C'est fou comme cet homme jouit bruyamment. Je le réprimande fermement :
— Les enfants !
— Quoi, les enfants ?
— Ils vont t'entendre.
En se retirant, il murmure :
— Putain, c'était bon.
Et il ajoute, content de lui :
— On ne baise pas assez souvent, Christine.
Je ne réponds pas, à quoi bon ? Je suis déjà debout et je gagne la salle de bains où je m'essuie longuement, le laissant reprendre ses esprits. Quand il descend, une dizaine de minutes plus tard, son café est déjà prêt. Il apparaît, les cheveux parfaitement coiffés pour dissimuler une calvitie naissante qu'il ne supporte pas. Régulièrement, pour mon seul plaisir, car je sais à quel point ça l'agace, je lui montre les cheveux ramassés sur l'oreiller et je me moque de lui : « Bientôt, tu n'auras plus un poil sur le caillou, mon pauvre chéri. » Et j'ajoute, histoire de l'irriter encore plus : « Ta lotion à 65 euros n'a pas l'air bien efficace. » Il encaisse sans répondre, mais je sais que j'ai fait mouche, et je poursuis : « C'est de famille. Ton père est chauve, lui aussi. On ne peut pas

lutter contre les gènes, Jean-Pierre. » Il se frictionne pourtant consciencieusement le crâne deux fois par jour et, lorsque je le surprends dans la salle de bains, je lui conseille d'économiser son argent « car on ne peut rien contre la nature. Et toi, Jean-Pierre, tu as une nature de chauve ». Ma vie est ainsi faite de petites et jouissives vengeances.

Les enfants, plantés comme toujours devant la télé dont j'ai immédiatement baissé le son, lui réclament une bise dès qu'ils l'aperçoivent. Il s'empresse de les satisfaire l'un après l'autre avec affection. On peut reprocher bien des choses à cet homme, mais pas de ne pas aimer ses gosses. Pourquoi m'ont-ils presque ignorée quand je suis passée devant eux ? C'est à peine s'ils m'ont dit : « Bonjour, maman. »

Ils ont laissé leurs bols de chocolat et de céréales sur la table, et il a fallu que je les menace d'éteindre la télé pour qu'ils débarrassent. Les gosses, si on leur donne le doigt, ils vous bouffent le bras.

Jean-Pierre porte le jogging bleu que je lui ai offert pour Noël. Il ne le quitte pas du week-end. « Ça me repose du costume-cravate que je suis obligé de porter toute la semaine », plaisante-t-il quand nous avons des invités à déjeuner, expliquant pourquoi il tient à porter ce qu'il nomme son « uniforme de week-end ». Je préférerais qu'il soit un peu plus chic pour recevoir, mais Jean-Pierre dit que, « même pour la reine d'Angleterre, il garderait son jogging ».

Jean-Pierre adore recevoir. Je m'en passerais bien, car je me tape tout le boulot pendant que monsieur n'arrête pas de faire le beau en jogging…

Le pire, c'est quand, aux beaux jours, il sort sa table de ping-pong du garage et entraîne tout le monde à jouer dans le jardin, tandis que je ne suis bonne qu'à finir de ranger le bordel. Il est rare que l'une de nos « chères amies » me donne un coup de main. Cela dit, je préfère, je ne supporte pas ces bonnes femmes discrètes qui ne disent rien de la journée, sauf pour parler de leurs gamins et de l'école. Moi, c'est le contraire : je donne le change et on peut m'entendre de la cuisine intervenir dans la conversation sur n'importe quel sujet. Certains, je le vois, me trouvent grande gueule, il y en a même qui disent : « Avec Christine, il doit filer doux, le Jean-Pierre. » Et lui de répondre : « À la maison, c'est elle le boss ! Hein, Christine ? » Aussi, dans l'ensemble, on m'aime bien. Sans doute parce que je ne fais jamais d'histoires, que je ne la ramène pas plus que ça. S'ils savaient que je n'ai qu'une angoisse : que les parties s'éternisent et que Jean-Pierre invite ses copains et leurs femmes à rester dîner « pour finir les restes, puisque Christine sait si bien le faire. Ma femme réussit toujours des miracles, hein, Christine ? ». Je suis bien obligée d'acquiescer, de me montrer consentante, heureuse de les garder à dîner, tout en précisant quand même : « Ce ne sera rien d'extraordinaire. » À ceux qui préfèrent refuser, parce qu'il se fait tard, il propose toujours « un petit apéro pour la route ».

— Christine, tu vas bien nous dégoter un saucisson des familles pour faire passer le pastaga ? insiste-t-il en les invitant à s'asseoir au salon.

— Avec toi, on sait quand on arrive, mais on ne sait jamais quand on part, plaisantent nos amis.

Jean-Pierre a invité aujourd'hui les Morin, « nos meilleurs voisins », comme il les appelle. Ils vont rappliquer à midi pétant avec leurs deux adolescents boutonneux, qui fileront après manger. Mais les parents s'incrusteront au moins jusqu'à « son » apéro. Ils doivent tellement s'emmerder chez eux qu'ils vont passer la journée chez nous. Et moi, je dois supporter le cirque indécent de Jean-Pierre, qui va encore sortir « son » ping-pong, puisqu'il fait beau. Il a déjà annoncé la couleur :

— Il y a de la revanche dans l'air.

La dernière fois, Morin l'a battu et il a dit : « Pour vous punir, vous allez rester dîner. » Ils ont dégagé vers minuit et il a fait promettre alors à Morin de revenir « pour lui donner une leçon de ping-pong ».

— Pari tenu, a répliqué Morin. Mais si je gagne, c'est vous qui venez déjeuner la prochaine fois !

Et ils se sont tapé dans la main comme des gosses de banlieue. Insupportable !

— On est mieux là qu'en taule, exulte Jean-Pierre.

Et je ne peux m'empêcher de penser : « Attends un peu, pour voir. »

Désormais, ces journées, comme promet de l'être celle d'aujourd'hui avec les Morin, sont un calvaire. Je déteste ces dimanches où je suis obligée de sortir le grand jeu pour des connards ! J'en sors vannée, en me disant que la semaine prochaine il va falloir remettre ça. Mais il faut que je me fasse violence, que je ne reste pas à l'écart. Je ne sais pas comment je parviens à dissimuler mon mépris pour eux et mon dégoût de lui, comment j'arrive encore à me montrer souriante et accueillante. C'est toujours « avec plaisir » que je participe aux parties de double mixte de ping-pong, et je sors « un foie gras d'un petit propriétaire » pour accompagner l'apéritif. « Ça ne fait pas grossir, mesdames, sauf sur les cuisses ! » Je donne le change… Et pourtant, s'ils savaient… Quelle gueule feraient-ils, « nos amis », si je balançais tout, là, maintenant ? Sûr que la journée serait gâchée, hein, mon J.-P. ?

Mais je garde mon secret et je dissimule mon dégoût. Jean-Pierre se croit à l'abri. Pourtant, je ne suis pas aussi naïve (ou aussi conne) qu'il le pense. Il ne soupçonne pas à quel point je le méprise. Il ne se doute pas que je tiens sa vie entre mes mains. Il ne sait pas encore que je sais.

Les Morin, par bonheur, ne sont pas restés dîner. Comme je m'y attendais, Jean-Pierre a perdu et ils nous ont invités « dimanche en huit, avec les Turin », leurs « deuxièmes meilleurs amis », comme ils disent, croyant sans doute nous faire plaisir. Qu'est-ce que j'en ai à foutre, moi, de compter comme les « premiers meilleurs amis » des Morin ? Je connais par avance leur menu : salade d'avocat et de crevettes en entrée, rosbif et tarte aux pommes. Ensuite, Hervé sortira un petit alcool de derrière les fagots, et je surprendrai tout le monde (pas seulement ces dames) en acceptant « une lichette ». Moi qui déteste les alcools forts… « T'as une sacrée gonzesse », dira Hervé en me servant une bonne dose que je boirai jusqu'à la dernière goutte. Sophie Morin, elle, ne boit jamais d'alcool, mais elle devrait, ça lui dériderait le cul ! Celle-là aussi je ne peux plus la voir en peinture. Je dois me rendre à l'évidence : cette vie à côté de lui m'est désormais insupportable.

Ce soir, nous dînons des restes de gigot devant la télé. Les gosses détestent la viande froide mais je les préviens qu'ils ont intérêt à finir leur assiette. « Maman a fait de la mayonnaise », tente Jean-Pierre pour les apaiser. Il n'a pas envie qu'une aussi belle journée finisse en drame. Il sait que je ne céderai pas. Mais Kévin s'entête :

— J'aime pas le gigot froid.

— Mange au moins ça, dit Jean-Pierre en coupant son morceau en deux.

Je remets le morceau dans son assiette.

— Non, tu finiras tout, c'est de la bonne viande, dis-je en regardant Jean-Pierre. Il faut qu'ils apprennent à manger de tout, et demain je ferai un hachis Parmentier.

Je sais qu'ils n'aiment pas ça non plus, mais je ne vais quand même pas jeter cette bonne viande.

C'est l'avantage d'être une femme au foyer, j'ai du temps pour cuisiner !

Kévin se résigne, imité par son frère et sa sœur.

— Allez, les enfants, courage ! conclut Jean-Pierre.

Il va falloir que je lui rappelle tout à l'heure que les gosses ne font pas la loi à la maison. Je garde un œil sur eux en grignotant un bout de fromage. Je n'ai pas faim.

— Vous voyez, ce n'est pas si difficile, dis-je après avoir constaté qu'ils ont terminé leur plat. Maintenant, vous pouvez débarrasser.

Ils filent enfin en prenant une banane. Je crie avant qu'ils ne disparaissent :

— N'oubliez pas de redescendre les peaux, j'ai pas envie de les retrouver demain matin dans votre poubelle. Et extinction des feux dans une demi-heure. Y a école demain !

J'entends Kévin répondre « Oui, maman », et Amandine crier du haut des marches : « Tu monteras nous faire un bisou, papa ! » Je suis certaine qu'elle l'a fait exprès pour me faire chier, la petite salope. C'est bien la fille de son père, toujours à faire des coups en douce.

Mais, en toute honnêteté, je m'en fous royalement. J'ai autre chose en tête.

— Tu as rempli les papiers pour l'assurance, Jean-Pierre ?

Je l'ai interrompu en plein journal des sports sur M6. Il répond un vague « oui ». J'insiste :

— Ils sont où ?

— Au bureau. Je les posterai demain. Promis.

— Tu ne trouves pas que cette histoire a assez duré ?

— Si, si, tu as raison. Mais avec tout mon boulot, j'ai oublié. Demain, promis.

— Promis ?

— Puisque je te le dis, réplique-t-il, agacé, et il a le malheur d'ajouter : Tu ne vas quand même pas faire tout un cirque pour quelques malheureuses rayures.

— Des rayures rouges sur ta carrosserie verte ! C'est une question de principe, Jean-Pierre, et d'habitude, tu ne laisses pas traîner des choses pareilles.

— D'habitude, oui. Mais, là, je n'ai pas eu le temps. Tu vas me lâcher avec ça !

— Non, Jean-Pierre, je ne vais pas te lâcher avec ça, dis-je du tac au tac.

— Tu m'as fait rater les résultats du foot.

— Je m'en fiche du foot. Je veux que tu envoies les papiers, c'est tout !

— Qu'est-ce que tu peux être têtue, bon Dieu !

— Laisse le bon Dieu et envoie les papiers !

— Je t'ai dit que je le ferai demain. Qu'est-ce que je peux faire de plus ?

— Rien. C'est parfait. Demain, parfait !

Ce soir, je ne veux pas en rester là. Alors j'insiste.

— Tu ne sais toujours pas comment c'est arrivé ? Toi qui es d'ordinaire si méticuleux avec ta voiture !

Il n'est pas encore déstabilisé.

— Je t'ai déjà dit que je ne savais pas. J'ai trouvé la voiture comme ça. C'est même toi qui les as vues la première. Qu'est-ce que je peux y faire ? Je ne vais quand même pas me foutre par la fenêtre pour trois malheureuses rayures ?

Sa voix tremble, je ne sais si c'est d'agacement ou de peur.

— C'est bizarre, dis-je.

— Je ne vois pas ce qu'il y a de bizarre.

— C'est bizarre, ton attitude, et ton obstination à ne pas prévenir l'assurance, c'est bizarre. C'est tout. J'ai le droit de dire ce que je pense, non ?

— Je te répète pour la dernière fois que j'ai oublié. Point final.

— Non, pas « point final ».

Je le tiens et je n'ai pas envie de le lâcher.

— Dis-moi ce qui s'est passé.

Il soupire, ferme les yeux, comme pris au piège.

— Rien… rien…

Il a répondu comme en apnée, mais je ne veux pas qu'il craque ce soir. Je conserve mon secret comme un trésor. Il suffirait pourtant que je dise maintenant : « Ce sont des traces rouges, comme le vélo du petit Rodriguez », pour qu'il s'effondre. J'ai obtenu ce que je voulais : le sentir vaciller. Je choisis d'abandonner.

— *Les Experts* vont commencer sur la Une.

Il saisit sa chance :

— Ce sont les Experts d'où, déjà ?

— Manhattan, chéri. *Les Experts : Manhattan.*

Il y a si longtemps que je ne l'ai pas appelé « chéri » que j'en souris. Et j'ajoute, dans une pirouette :

— À propos d'experts, n'oublie pas ceux de l'assurance demain !

Il se lève rapidement pour rejoindre son fauteuil. Comme un refuge. J'adore cette série et, ce soir, je n'ai pas envie de rater le début. Je suis seulement satisfaite de tenir le sort de cet homme, mon époux depuis onze ans, entre mes mains. Pour le moment, je m'amuse de le voir trembler à l'idée de faire cette déclaration à l'assurance, mais, pour être franche, peu m'importe qu'il la fasse maintenant ou, comme il l'a décidé, au retour des vacances. Je le méprise tellement que j'ai décidé de le poursuivre avec cette histoire jusqu'au pied du mur. J'ai compris depuis longtemps pourquoi il résiste et cherche à gagner du temps, je connais son secret. Le houspiller sans relâche avec cette question d'assurance est, pour l'instant, je l'avoue volontiers, ma première et ma seule revanche.

DEUXIÈME PARTIE

22 février, 0 h 22

Antonio Rodriguez range son fusil dans le coffre de sa voiture, puis il s'installe au volant. Il se sent calme et résolu, et rien ne peut plus l'empêcher maintenant d'accomplir sa vengeance. Il va tuer l'assassin de son fils, et tout à l'heure les gendarmes viendront l'arrêter. Il le sait, c'est dans l'ordre des choses. Mais, au moins, il aura redonné un sens à tout ce chaos.

Il sort de la cité plongée dans le noir. Il n'y a aucune lumière, pas même celle des réverbères, éteints après minuit par mesure d'économie. Il a signé une pétition avec les autres locataires pour qu'ils restent allumés, mais la mairie n'a pas cédé quand ils se sont présentés à plusieurs pour soumettre la pétition. À l'instant même où il leur avait ouvert la porte, il avait compris qu'ils avaient hésité avant de venir. Depuis la mort de son fils, les gens ne savent pas bien comment s'y prendre. Personne ne les fuit, sa famille et lui, mais il voit bien que les gens de la cité préfèrent les éviter. Chaque fois qu'il croise quelqu'un de la cité, il reconnaît cette gêne dans son regard. Antonio voit bien qu'ils ne savent pas quoi dire et se contentent d'échanger un rapide bonjour. Peut-être se disent-ils que cela aurait pu leur arriver, qu'ils auraient pu, eux aussi, être touchés par le malheur.

« Vous n'êtes pas obligé », avait tenu à préciser en préambule un grand type moustachu qu'il n'avait jamais vu, comme pour s'excuser. Le moustachu avait pris cette précaution, comme si la mort de son fils exemptait Antonio de signer la pétition. Aussi l'avait-il immédiatement signée et il avait essayé d'en savoir plus sur ses chances de succès, puis sur l'organisation du vide-greniers en février prochain.

— Vous y participerez ? s'était étonné le moustachu.

— Comme tous les ans. J'ai plein de saloperies dont je dois me débarrasser.

Ces vide-greniers faisaient la joie de ses enfants depuis qu'ils étaient en âge de gagner quelques euros. Ils les préparaient des semaines à l'avance.

— Si vous avez besoin d'aide pour l'organisation de ce barnum, vous pouvez compter sur moi, avait-il ajouté.

— Ce ne sera pas nécessaire. Mais, s'il le faut, on vous le dira, monsieur Rodriguez.

La gêne s'était encore insinuée, plus pesante, insupportable.

Ne tolérant plus l'embarras de ces hommes, il avait dit comme par défi :

— Soyez rassurés, je ne mettrai pas sur le trottoir la chambre de mon fils.

Tous trois l'avaient dévisagé, tétanisés par sa sortie. Le moustachu avait interrompu le trouble qui les avait saisis :

— Excusez-nous, nous ne voulions pas vous blesser.

— Je n'ai pas besoin d'excuses, messieurs. Mon fils a été tué par un salopard de chauffard, mais la vie continue, non ?

Ils étaient restés sans voix, et leur envie de se retirer était si palpable qu'il avait pris l'initiative de refermer la porte. Mais, immobile derrière celle-ci, il avait eu le temps d'entendre le moustachu prendre les autres à témoin :

— Pauvres gens, je me demande comment ils arrivent à tenir.

Il les avait écoutés s'éloigner dans l'escalier. Ils avaient parlé fort, comme s'ils voulaient qu'il entende.

— Il donne le change, avait dit Dubreuil, du numéro 28. Il ne faut pas lui en vouloir.

— Si ça se trouve, c'est quelqu'un qu'il connaît qui a tué son petit. C'est atroce, avait ajouté Latil du 53.

— Quelle tristesse…

Voilà ce qui lui revient en mémoire alors qu'il quitte la cité des Coteaux, seulement éclairée par les phares de sa Volvo break, son arme dans le coffre. Et il se dit que la pétition qu'il a signée n'a pour l'instant servi à rien.

Trois mois plus tôt.

Jean-Pierre Boulard

Le ruban rouge qui délimitait la zone de l'accident s'est détaché petit à petit pour finir dans le fossé, recroquevillé sur lui-même et couvert de boue. De jour en jour, j'ai suivi sa lente disparition. En septembre, il a résisté, enroulé à un piquet de bois, mais il a fini par céder un soir de novembre, après une journée de pluie. En décembre, il a erré pendant plusieurs jours dans le champ, poussé par le vent, avant de terminer dans son trou. Ce matin, je l'aperçois toujours, à peine visible dans les herbes.

S'il n'y avait pas ce morceau de ruban, je ne sais pas si je pourrais reconnaître l'endroit précis où le gamin s'est jeté sur ma voiture. J'y passe matin et soir pour me rendre au boulot car, en prenant ce raccourci, je gagne – pour l'avoir mesuré avec précision – 2,7 kilomètres. Chaque fois, je réalise à quel point je suis passé tout près des emmerdes. De très grosses emmerdes.

Je ne me féliciterai jamais assez de ne pas m'être arrêté. Surtout avec tout ce que j'avais dans le pif. Dieu sait ce qui me serait arrivé ! J'aurais probablement été malmené par les flics et fait quelques semaines de taule. J'aurais tout perdu, mon honneur, mon boulot, mes gosses, et aujourd'hui j'attendrais mon procès. Il aurait fallu que je paie un avocat et ces gars-là ne font pas de cadeaux. Je serais devenu une sorte de paria et j'aurais peut-être dû filer ailleurs. Je me demande souvent comment mes gosses auraient réagi. Aurais-je pu affronter leur regard et leurs interrogations ? Je ne préfère pas y penser… Sans parler de Christine. Elle aurait bien été capable de demander le divorce et de réclamer la garde des enfants.

Il vaut mieux qu'elle ne sache rien. Avec elle, on ne sait jamais, et j'ai préféré lui cacher l'accident. Mais elle n'avait qu'une idée en tête et elle s'est obstinée pendant des semaines à exiger le remboursement de l'assurance pour le remplacement de l'aile avant endommagée. Qu'est-ce qu'elle a pu m'enquiquiner avec ça ! Elle en faisait un point d'honneur et elle y revenait tous les jours. « Tu as appelé l'assurance ? » répétait-elle inlassablement, à peine avais-je franchi la porte d'entrée. Comme je répondais « pas encore », ou « j'ai oublié, je le ferai sans faute demain », elle insistait, presque menaçante.

— Si tu veux, je m'en occuperai, mais il n'est pas question de leur faire de cadeau. Je te rappelle qu'on a une assurance tous risques qui nous coûte les yeux de la tête. Si tu ne veux pas t'en occuper, je le ferai. C'est une question de principe, Jean-Pierre.

Je répliquais sur un ton qui se voulait sans appel :

— Non, c'est à moi de le faire.

Un matin, j'ai trouvé un Post-it sur le volant, avec ces simples mots inscrits au feutre noir et en lettres majuscules : APPELER L'ASSURANCE, et je l'ai surprise à la fenêtre de la chambre en train de m'observer. J'ai réussi à tenir jusqu'au retour des vacances comme je l'avais planifié et, début septembre, après un dernier coup de boutoir de ma « chère épouse », je me suis jeté à l'eau. J'ai fini par avertir l'assurance et j'ai envoyé le devis du carrossier. Christine, qui ne lâchait pas l'affaire, s'est étonnée que je l'aie choisi dans le 93. Je lui ai répondu que c'était un cousin de Loubet, un type de la boîte, qui avait un peu gonflé la note pour compenser le montant de la franchise. Mon mensonge n'a pas totalement suffi à la calmer :

— On va voir combien de temps ils vont mettre à payer maintenant.

Trois semaines. Trois semaines pendant lesquelles elle n'a cessé de répéter : « On n'a rien reçu. »

Je n'ai toujours pas compris pourquoi elle s'est tant obstinée. Peu importe, car mes précautions n'ont pas été inutiles. Le changement d'aile est passé inaperçu, alors que je lis dans *Le Parisien* que « les enquêteurs n'ont pas baissé les bras pour retrouver le chauffard qui a renversé le petit Victor Rodriguez ». Des indiscrétions faisaient même état de traces vertes relevées sur la bicyclette du petit. Heureusement que Christine ne regarde jamais le journal... D'accord, ma femme n'est pas très maligne, mais elle aurait été capable de faire le rapprochement. Et là, je ne vous raconte pas le cirque qu'elle m'aurait fait... Mais je me demande encore pourquoi elle ne m'a pas lâché pendant des semaines avec son histoire d'assurance. Elle qui ne veut jamais s'occuper de la paperasserie sous prétexte que : « J'y comprends rien à ces machins, je te laisse faire. »

En tout cas, je roule maintenant avec une voiture flamblant neuve, payée par la Filia-Maif !

Les semaines passant, j'ai fini par me persuader que j'étais définitivement à l'abri, que les flics étaient passés à autre chose. Ce ne sont pas les affaires qui manquent dans le coin et ils se plaignent régulièrement dans le journal du manque d'effectifs.

Franchement, je l'ai échappé belle. Et s'il n'y avait pas mes passages quotidiens sur les lieux de l'accident et Rodriguez que je croise plusieurs fois par jour à la boite, j'aurais fini par oublier l'accident.

Cette fin de journée de décembre, je ne suis pas près de l'oublier. À son souvenir, j'en ai encore des sueurs froides ! Ce soir-là, j'ai appelé Christine avant de partir et je rentrais tranquillement à la maison en écoutant RMC. La journée avait été glaciale, il y avait quelques plaques de verglas, et je ne voulais pas finir dans le décor. Je n'avais pas envie d'avoir encore affaire à l'assurance, au risque de perdre mon bonus…

Je l'ai aperçu de loin, dans les phares, debout devant le champ. Je l'ai reconnu aussitôt : c'était la même silhouette raide que le jour des funérailles de son fils, qui a tant marqué les esprits. Qui d'autre que lui pouvait être là, dans le froid ? Je me suis dit que Rodriguez n'habitait pas loin et qu'il avait dû venir à pied. Je l'ai dépassé, puis je me suis ravisé et j'ai reculé. J'aurais pu continuer sans qu'il me voie, mais ma curiosité a été la plus forte. Et puis, qu'est-ce que je risquais ? Rien. Il n'a pas entendu la voiture approcher, et je l'ai interpellé par la vitre ouverte :

— Rodriguez !

Il s'est retourné, surpris, et il a marché dans ma direction. Il était presque guilleret alors que je m'attendais à découvrir un homme accablé. Il a souri, comme s'il était content de me voir :

— Monsieur Boulard ! Vous habitez dans le coin ?

— Oui, à une dizaine de bornes. À Rennemoulin.

— C'est joli, par là-bas.

— Oui... Mais qu'est-ce que vous faites là, Rodriguez ?

— J'avais besoin de marcher. Le froid, c'est vivifiant.

J'étais le plus étonné des deux. Je ne m'attendais pas à ce qu'il soit aussi amical, car, après tout, nous nous connaissions si peu. Toujours « bonjour-bonsoir » à la boîte, rien de plus. Je ne l'évitais pas mais, comme on dit, « nous ne jouions pas dans la même division ». Je n'ai rien trouvé à dire que :

— Attention à ne pas prendre froid. Le thermomètre est en dessous de zéro. On a besoin de vous au boulot.

— C'est vrai que ça tourne bien en ce moment. La crise, on la sent pas vraiment à la boîte.

Ça, je m'en souviendrai : ce type se trouvait à l'endroit où son gamin était mort et il me parlait de la crise ! Je suis descendu de la voiture et je lui ai demandé s'il venait souvent, mais je n'ai pas osé ajouter : « Vous recueillir sur les lieux de l'accident. »

— Jamais, c'est la première fois que je m'arrête. Je passe souvent par là quand je me balade, et je rejoins la maison par le chemin de terre un peu plus loin. C'est par là aussi que passait mon fils en vélo, et je me suis arrêté en voyant ce ruban dans le fossé.

Il a braqué sa puissante lampe dans ma direction – les Portugais sont toujours bien équipés – et il a demandé :

— Vous le voyez ? Je me demande si c'est celui que les gendarmes ont mis autour de l'accident.

Il avait de drôles de questions, ce Rodriguez. Il aurait dû être ému aux larmes et, au contraire, il se posait des questions à la con. Je connaissais la réponse, car j'avais suivi la balade du ruban pendant des mois. J'ai pensé : « Oui, c'est bien ton ruban, Rodriguez », mais je me suis contenté de répondre :

— Probablement.

— Ils ne nettoient pas souvent les fossés, dans le coin.

C'est tout juste s'il n'a pas ajouté : « Avec tous les impôts qu'on paie, ils ne sont pas foutus de faire le boulot correctement. » Se pourrait-il qu'il ait tourné la page de la mort de son gamin ? Il y en avait pas mal qui le pensaient à la boîte. « Il est comme avant, notre Tonio », disait souvent Irène, l'assistante du boss. Elle ajoutait : « Je ne sais pas comment il peut faire. Moi, je ne pourrais pas. » Les gars approuvaient. Ce n'était pas parce qu'ils voulaient que Rodriguez souffre, mais ils le trouvaient trop gai, trop « comme avant ». Ce type m'épatait et m'intriguait. Je ne pouvais pas croire qu'il ne souffrait pas, surtout ce soir, à l'endroit même où son fils était mort. Franchement, moi, je n'aurais pas pu.

— Vous voulez que je vous ramène ?

Il n'a pas hésité.

— Pourquoi pas, ça caille vraiment. Merci, monsieur Boulard.

Il s'est installé à côté de moi et il m'a montré le chemin de terre :

— C'est plus court par là.

Mais j'ai fait demi-tour. Il n'était pas question que je salisse ma caisse dans la boue. Parvenus dans la cité, il a désigné un petit immeuble blanc.

— C'est ici. Nous habitons au deuxième.

Les bâtiments de la cité « Les Coteaux » sont tous les mêmes, avec leurs appartements pour besogneux.

Pour rien au monde, je n'aimerais vivre ici. La promiscuité, ce n'est pas mon truc. Ça ne doit pas coûter bien cher, un logement dans ce trou.

— Nous sommes locataires, a précisé Rodriguez sans que j'aie eu besoin de lui demander.

— Vous payez combien ?

— 452 euros par mois. Nous sommes là depuis dix ans, nous nous sommes installés un peu après la naissance de Victor.

Je me suis garé sur le trottoir tandis qu'il ajoutait :

— Victor, c'était le prénom de mon fils qui est mort.

— Je sais, j'étais aux obsèques avec M. Delmas.

— Vous y étiez aussi ? Pardonnez-moi, je ne m'en souviens pas. Il a été très gentil avec moi, M. Delmas, comme tout le monde à la boîte, d'ailleurs.

— L'accident de votre fils nous a tous beaucoup touchés, vous savez.

— Je le sais. Mais ce n'est pas un accident, monsieur Boulard, c'est un assassinat. Mon fils a été tué par un salopard qui s'est enfui.

— Oui, c'est affreux.

— Non, monsieur Boulard, ce n'est pas seulement affreux, c'est dégueulasse.

Il m'a fixé intensément mais j'ai réussi à soutenir son regard. J'ai posé ma main sur sa cuisse et j'ai dit :

— Vous avez raison, c'est vraiment dégueulasse. Courage, Antonio.

Je ne me suis pas trouvé très convaincant sur ce coup-là, mais, par chance, il a continué, sans percevoir mon trouble :

— Merci, monsieur Boulard. Vous voulez monter ? Un petit porto ne nous ferait pas de mal, avec ce froid.

— C'est gentil, mais ma femme m'attend et elle est très à cheval sur les horaires.

— Vous filez droit à la maison, monsieur Boulard ! a-t-il plaisanté en souriant.

— Il le faut bien !

— La mienne est aussi très à cheval, mais pas sur les horaires…

Il a laissé la phrase en suspens et je n'ai pas pu m'empêcher de lui demander :

— Sur quoi elle est si à cheval, Mme Rodriguez ?

— Vous tenez vraiment à le savoir, monsieur Boulard ?

— Vous n'êtes pas obligé.

— Obligé, non. Mais je vais vous le dire.

J'ai retiré ma main, réalisant que je l'avais laissée tout ce temps posée sur sa cuisse. Il m'a encore fixé avec la même intensité.

— Ma femme, monsieur Boulard, elle veut que je la venge. Elle veut que je tue l'assassin de notre fils.

Cette fois, je ne suis pas parvenu à soutenir son regard, et je me suis tourné en direction de l'entrée de l'immeuble. A-t-il vu la fine transpiration sur mon front ? Je ne sais pas, car il a continué sur le même ton :

— Je lui ai juré que je le tuerais. Et je le ferai. Vous pouvez en être sûr, monsieur Boulard.

Je transpirais de plus en plus, mais je suis parvenu à lui demander s'il savait qui c'était, d'une voix faible, sans oser le regarder. Je comprenais que mon attitude pouvait me trahir, mais je n'avais qu'une hâte : qu'il disparaisse maintenant. Il ne descendait toujours pas de la voiture et, assis à mes côtés, je sentais qu'il me regardait. Il est resté silencieux quelques secondes, avant de dire, énigmatique :

— J'y travaille, monsieur Boulard, j'y travaille. J'honorerai ma promesse, ça, vous pouvez en être certain.

Puis il est sorti, après m'avoir remercié de l'avoir raccompagné. Il s'est éloigné, avant de revenir soudain sur ses pas. Il m'a fait signe de baisser la vitre.

— Cet homme, monsieur Boulard, je crois même que je l'ai trouvé.

J'ai juste eu la force d'ajouter :

— À demain, Antonio.

Je ne sais pas s'il a entendu, mais il m'a fait un vague signe de la main, sans se retourner. Je n'ai pas aimé la façon dont il a prononcé mon nom : « monsieur Boulard ». J'ai essuyé la transpiration sur mon front tout en quittant ce quartier de minables. J'ai tenté de me rassurer : il n'était pas possible que cet imbécile m'ait trouvé. Il avait seulement cherché à m'impressionner et avait joué au père justicier. Il m'avait raconté son histoire à la con parce qu'il était à bout et qu'il avait besoin de parler. Il n'y avait pas de quoi s'inquiéter. Les flics pataugeaient et il était impossible qu'il ait pu résoudre l'affaire tout seul.

Quand je suis arrivé chez moi, j'avais presque oublié Rodriguez, et je m'en voulais seulement d'avoir bêtement paniqué. Je me suis dit qu'à l'avenir il faudrait que je sois davantage maître de mes émotions. Ce soir-là, j'ai bien profité de mes gosses qui se sont précipités vers moi.

— Papa, papa ! a crié Arthur.

Il fallait toujours que Christine tempère leur joie, et elle a déclaré :

— À table, maintenant. On a assez attendu votre père. Le jour où il arrivera à l'heure, les poules auront des dents !

— Cot ! Cot ! s'est amusée Amandine.

J'ai expliqué à Christine que j'avais raccompagné un collègue.

— Et il s'appelle comment celui-là ? Ou celle-là, peut-être ?

Encore cette jalousie stupide.

— Elle s'appelle Antonio. Antonio Rodriguez.

Elle s'est étonnée :

— C'est pas possible que tu aies raccompagné ce type-là !

— Pourquoi, tu le connais ? Tu connais Antonio Rodriguez ?

J'ai prononcé « Antonio Rodriguez » à la portugaise, histoire de faire rigoler les gosses. Ça n'a pas manqué, et Kévin a repris en écho : « Antonio Rodriguez ! Antonio Rodriguez ! » Mais le petit n'a pas fait rire Christine.

— Oui, je le connais, figure-toi. C'est celui qui a perdu son fils, renversé par un chauffard qui s'est enfui, le salaud. Parce que c'est bien un salaud, celui-là, hein, Jean-Pierre ?

J'ai répliqué, parfaitement maître de moi :

— Je vois que madame suit l'actualité !

— Plus que tu ne crois, Jean-Pierre. Plus que tu ne crois !

Elle était blême.

— Tu ne devrais pas t'approcher de ces gens-là.

— Et pourquoi, s'il te plaît ? C'est un collègue.

— Il porte la poisse. Ne l'approche pas. Conseil d'amie, ou plutôt d'épouse, répondit-elle sans hésiter.

— N'importe quoi !

J'aurais bien aimé lui raconter ce que m'avait confié Rodriguez, mais elle a mis fin à notre échange :

— À table, les enfants !

Ce fut agréable de dîner en famille. Dommage que Christine ait tiré la gueule encore plus que d'habitude. Déjà qu'elle n'est pas « jojo » mais, quand elle fait cette gueule, je ne vous dis pas ! Elle n'a pas prononcé un mot du dîner, sauf pour pousser les petits à finir leurs assiettes.

Quand je vous dis que je n'oublierai pas cette soirée ! J'avais failli me trahir. À l'avenir, il faudra vraiment que j'apprenne à maîtriser mes émotions.

Antonio

Sylvia est dans la cuisine en train de terminer la vaisselle à la main, car « à nous trois, a-t-elle dit un jour, il n'y a plus grand-chose à faire ». Elle n'utilise plus la machine à laver. Sylvia n'a que trente-cinq ans mais elle en paraît bien plus. Désormais elle est de ces femmes à qui il est impossible de donner un âge véritable. Bizarrement, une mèche blanche pousse sur le devant de son front. Elle est apparue au réveil, le lendemain de notre retour du Portugal. Pendant plusieurs jours, je n'en ai pas parlé dans l'espoir qu'elle l'effacerait d'un coup de teinture. Mais un soir, elle a précédé ma question.

— Tu as vu cette mèche, Antonio? Je la garderai tant que tu n'auras pas respecté ta promesse. Hein, Antonio, tu te souviens de ta promesse?

Elle s'était exprimée en portugais, ce qu'elle ne faisait jamais.

— Cette mèche, elle n'est pas arrivée par hasard. C'est un signe, crois-moi.

J'avais répondu dans notre langue natale :

— Je tuerai ce type, Sylvia. Je te l'ai promis. Cela prendra le temps qu'il faudra, mais je le ferai.

Et j'avais même ajouté :

— J'en ai autant besoin que toi.

J'avais menti, mais cette femme que j'aimais tant avait besoin d'y croire. C'étaient les seuls mots que j'avais pu trouver ce soir-là pour ralentir sa lente agonie.

Nous ne faisons plus l'amour et nous ne nous touchons plus. À peine parfois, par mégarde, m'effleure-t-elle. Mais je sais que nous nous aimons, peut-être même plus qu'avant.

— Où étais-tu passé? m'interroge Sylvia sans me regarder, avant d'ajouter : Priscilla est déjà montée se coucher.

Pourquoi cette question, à nouveau, alors que je sors tous les soirs, même les jours de pluie? Pourtant, chaque fois que je rentre, elle me demande où j'étais passé, comme si elle s'attendait à ce que je réponde que je viens de tenir ma promesse, alors qu'elle n'en a plus jamais parlé. Je ressens sa déception au plus profond de moi, presque de la honte. Mais cette mèche blanche est comme un rappel permanent à ma promesse et à ma culpabilité, car jusqu'à ce jour je ne suis arrivé à rien. Je ne peux même plus compter sur les gendarmes qui abandonnent petit à petit, je m'en aperçois bien chaque fois que je passe les voir. De moins en moins souvent, mais j'y vais encore pour qu'ils ne nous oublient pas.

En réalité, si je sors tous les soirs, c'est parce que je ne supporte plus ces fins de journée silencieuses à la maison et je préfère m'éloigner. J'ai menti à Boulard, je m'arrête toujours à l'endroit où mon fils est mort, et je me pose la même question : pourquoi ne l'ai-je pas aperçu ce soir-là?

D'habitude, Priscilla et Sylvia attendent mon retour pour dîner, car je rentre à 20 heures, mais ce soir j'ai un peu tardé à cause de Boulard, et elles ne m'ont pas attendu. Leur vie s'écoule sans moi, et Sylvia entraîne comme une punition notre fille avec elle. Nous nous évitons, nous nous fuyons. Elle est si lasse.

Je la suis dans la cuisine. Un seul couvert est disposé sur la table, à côté d'une salade verte et d'un morceau de pain. Je dis :

— Tu ne manges pas ?

Mais je connais déjà la réponse.

— J'ai dîné avec la petite.

Je sais qu'elle s'est contentée d'un bout de fromage et d'un yaourt à la vanille. Son visage s'est creusé, et elle a perdu beaucoup de poids ces derniers mois, mais je n'ai pas osé lui en parler, car elle nierait sûrement. Surtout, je n'ai pas envie de l'entendre parler de sa vie détruite, de cette existence mise entre parenthèses, de l'entendre dire qu'elle n'y arrive pas. Je préfère encore ce silence douloureux, car je ne saurais pas quoi lui répondre ni comment la consoler et la prendre dans mes bras. Pour rien au monde je ne voudrais qu'elle me rappelle encore et encore ma promesse, cette promesse qui remplit nos silences, que je sens présente à chaque instant, dans chaque regard, dans ses moindres gestes. Et dans cette mèche blanche que je voudrais voir disparaître. Mais je sais que tant que je n'aurai pas tué l'homme qui nous a anéantis, elle continuera à se détruire, à nous détruire.

Alors, pourquoi je ne lui dis pas que j'ai retrouvé cet homme, qu'il m'a même raccompagné chez nous ce soir dans la voiture qui a renversé Victor, et que je l'ai vu transpirer de peur ? Qu'il se nomme Jean-Pierre Boulard et que ce fumier est le chef des ventes de Gaboriaud SA ?

Je ne sais pas pourquoi je choisis de me taire, alors que je l'ai vue si triste. Au lieu de cela, je garde mon secret. Désormais, ce n'est plus que l'affaire de quelques jours, mais je veux qu'elle ne sache rien. Ce sera mon offrande. Aussi, quand elle dit seulement : « Je vais me coucher », je me tais et je la laisse s'éloigner. Elle m'abandonne tandis que, dans la poêle, crépite le steak qu'elle a posé avant de s'enfuir.

Pendant des mois, j'ai tout essayé pour retrouver l'assassin de mon fils. J'ai interrogé les carrossiers, traîné chez les ferrailleurs. J'ai passé des journées entières à rouler, et chaque fois que j'apercevais une Renault verte, je m'arrêtais pour l'examiner. Je ne suis arrivé à rien mais je n'ai jamais abandonné. Je voulais que Sylvia sache que je n'abandonnais pas, que je continuais à chercher inlassablement. En maintenant son espoir, je sauvais le peu de vie qu'il y avait encore en elle.

Avant, je ne prêtais pas beaucoup attention au directeur des ventes. C'était « M. Boulard », juste un patron, le numéro deux de la boîte. Comme les autres, je préférais avoir affaire à M. Delmas, un vrai boss celui-là, qui nous connaissait tous par nos prénoms et qui descendait souvent à l'atelier payer son café. Boulard, c'était tout le contraire. Quand il descendait, c'était pour vérifier qu'il n'y avait pas de retard dans les expéditions. Entre lui et moi, c'était toujours « bonjour-bonsoir », nous n'étions pas du même monde. Les gars disaient : « Il se la pète. »

Ensuite, Boulard m'a intrigué. Je garde en mémoire sa silhouette immobile, à la fenêtre de son bureau, le matin de juin où j'étais revenu travailler. Je n'avais pas aimé la façon dont il m'avait épié, tandis que j'avançais en direction de l'atelier accompagné de tous les autres. À présent, je l'apercevais tous les matins en train de m'observer depuis la fenêtre de son bureau, mais il reculait quand je levais le regard. Je voyais sa gêne lorsqu'il me croisait aux « expés », et il s'éloignait chaque fois que j'approchais. J'ai pensé que c'était parce qu'il ne savait pas comment s'y prendre avec moi, qu'il ne savait pas trouver les mots à dire au père d'un enfant assassiné. Je ne supportais pas la façon dont il m'observait de loin. Durant les premières semaines, son comportement étrange m'a seulement étonné, mais, petit à petit, il a fini par m'intriguer, jusqu'au soir où je l'ai vu s'éloigner dans sa voiture verte, une Renault Espace. Moi qui inspectais toutes les Renault vertes que je repérais, comment ne l'avais-je pas vue avant ?

Les gendarmes avaient dit que c'était une voiture verte qui avait renversé mon fils et, à cet instant, j'ai commencé à avoir des soupçons, à imaginer que c'était peut-être lui l'assassin de mon fils. Le lendemain matin, je me suis garé à côté de son Espace et j'ai aussitôt noté que l'aile droite était neuve, ce qui était facile à voir car la peinture n'était pas exactement la même. Revenu plus tard pour examiner la voiture de plus près, j'ai remarqué que le feu avant n'était pas d'origine. Mal fixé, il avait été remplacé par une main maladroite. Selon les résultats de l'autopsie, mon fils avait été percuté par l'avant droit d'une voiture.

Le soir même, j'ai patiemment attendu que Boulard quitte son bureau et je l'ai suivi. Et ma conviction s'est forgée ce jour-là.

Il est rentré chez lui par la petite route sur laquelle mon fils a été tué et surtout il a ralenti à la hauteur du lieu de l'accident, comme poussé par un réflexe incontrôlable. Plus étonnant encore, il a tourné la tête en direction du champ de maïs. Je l'ai filé plusieurs soirs de suite et, à chaque fois, il a pris la même route, a ralenti à proximité de l'accident, et il a regardé à la recherche de je ne sais quoi. Pour la première fois depuis des mois, j'ai senti que j'étais sur une piste sérieuse. Son réflexe l'avait trahi, j'en étais certain.

Les jours suivants, j'ai cherché à le provoquer. Moi, d'habitude si discret, je me suis mis à l'interpeller, je poussais mon avantage. J'allais vers lui, je lui tendais la main, je lui parlais du rythme des livraisons. Plus je le provoquais, plus il fuyait. Il ne descendait plus à l'entrepôt, les gars s'en étonnaient, mais, comme a dit Guiraud : « Au moins, il ne vient plus nous faire chier. »

Lorsque j'arrivais le matin, je ne le quittais pas des yeux. Plus je le fixais à sa fenêtre, plus il reculait, mais je ne comprenais pas pourquoi il me guettait toujours là, immobile.

C'est pourquoi j'ai décidé de l'attendre ce soir, sur les lieux de son crime. Je l'ai entendu me dépasser, reculer, puis m'appeler. Dans la voiture, j'ai senti sa peur, je l'ai vu transpirer comme un porc et j'ai su avec certitude que c'était lui, l'assassin de mon fils. Je n'avais plus besoin de chercher davantage : l'angoisse si palpable de Boulard l'avait définitivement trahi.

Lorsque je le tiendrai au bout de mon fusil, je le ferai s'agenouiller et il faudra bien qu'il avoue. Ensuite seulement je le tuerai.

Sur le moment, je n'ai pas éprouvé de haine, mais j'ai ressenti un profond soulagement. Quand je suis sorti de sa voiture verte, je n'ai pensé qu'à Sylvia et à ma promesse. J'ai calculé le temps qu'il me faudrait désormais pour la remplir.

La haine, c'est maintenant qu'elle m'envahit, tandis que j'attaque mon steak un peu trop cuit. Dans le silence de la maison, j'entends Sylvia faire couler l'eau du robinet de la salle de bains et je sais qu'elle prend son médicament. Je la devine seule, malheureuse, et je ne peux retenir mes larmes. Je n'avais plus pleuré depuis le matin où j'avais vu le corps de mon fils dans le champ de maïs. Aujourd'hui, je ne pleure pas pour moi mais pour elle, sa douleur est tellement la mienne, mais aussi parce que je réalise qu'elle va bientôt en sortir.

Je jette le steak à la poubelle. Soudain, bouleversé par sa souffrance, je ne peux résister davantage au besoin de partager mon secret avec elle. Il faut que je lui révèle maintenant, sans attendre, que j'ai enfin découvert qui est l'assassin de Victor. Elle sera apaisée. Je m'apprête à rejoindre Sylvia dans la chambre, pour lui dire que son cauchemar est terminé, qu'elle sera bientôt vengée, que je vais tenir ma promesse. Je suis déjà dans le couloir, quand mon portable sonne.

— Monsieur Rodriguez ?

Je reconnais cette voix. Je réponds sans entrain, presque agacé, car j'ai envie de rejoindre Sylvia.

— Oui.

— Commandant Peyrot à l'appareil.

Il me dérange. Je reste muet tandis qu'il poursuit, triomphant :

— Monsieur Rodriguez, j'ai une bonne nouvelle pour vous, une très bonne nouvelle !

— Oui, et laquelle, s'il vous plaît ? Ne me dites pas que vous avez retrouvé l'assassin de mon fils !

— Si. Nous sommes en train de l'interroger. Je peux même vous dire qu'il a déjà reconnu les faits.

Je hurle :

— Qui c'est ?

Ce n'est pas possible qu'ils aient eu Boulard avant moi. Il reste catégorique :

— Passez demain matin à la gendarmerie.

— J'arrive !

— Non, venez demain. Nous le gardons au chaud ! Vous voyez, nous n'avons jamais baissé les bras, ajoute-t-il, amical. Cette affaire nous tenait vraiment à cœur.

— Son nom !

— Demain, monsieur Rodriguez. Nous avons encore quelques éléments à vérifier. Mais ça sent très, très bon !

Un curieux abattement s'empare de moi et je ne parviens qu'à murmurer « merci, à demain » avant de raccrocher.

Je me précipite dans la chambre, mais Sylvia a déjà plongé dans un sommeil tourmenté. Dans la pénombre, je distingue sa mèche blanche, j'entends son souffle léger et je choisis de la laisser dormir. Je me couche silencieusement à ses côtés et, sans la réveiller, je lui prends la main. Elle est glacée.

Sylvia a tenu à m'accompagner, bien résolue à « voir la tête de cette ordure ». Moi aussi, il me tarde d'être face à lui, pourtant, je roule calmement sans exprimer la moindre excitation. À l'entrée de Trappes, Sylvia crie « Passe ! » mais je choisis de m'arrêter alors que le feu vient à peine de passer à l'orange.

J'étais resté éveillé toute la nuit. Les cachets de Sylvia n'avaient pas réussi à vaincre mon énervement extrême et je m'étais résigné à attendre son réveil, assis dans le salon, incapable de m'endormir. Vers 3 heures, j'avais tenté de joindre la gendarmerie mais le garçon de garde m'avait dit que le commandant Peyrot était rentré chez lui, avant d'ajouter qu'ils avaient placé le gars en cellule. « Je peux vous dire qu'il a tout reconnu. C'est une affaire réglée, monsieur Rodriguez. » D'une voix reconnaissante, je l'avais remercié avant de raccrocher. J'avais renoncé à demander l'identité de l'homme, tellement j'étais persuadé qu'il s'agissait de Boulard.

Lorsque à son réveil Sylvia m'avait découvert dans le salon, elle avait aussitôt compris :

— Ils l'ont arrêté.

— Oui, enfin. Nous y sommes, Sylvia.

Puis j'avais ajouté :

— Ils m'ont dit qu'il a avoué. Ils m'attendent à la gendarmerie ce matin.

J'avais alors pris ma femme dans mes bras, incapable de retenir mes larmes.

C'était si bon de la sentir contre moi. Elle n'avait pas pleuré et elle s'était contentée de dire :

— Je viens avec toi. C'est pas le moment de craquer, Antonio. Ce n'est pas encore fini, avait-elle chuchoté en me serrant de toutes ses forces.

À ces mots, j'avais compris que je devrais à tout prix remplir ma promesse.

Elle avait téléphoné à l'hôpital pour dire qu'elle ne viendrait pas ce matin et elle était remontée dans la chambre en disant : « Ne pars pas sans moi. » À 7 heures, Sylvia était redescendue avec Priscilla. J'avais servi un café, et nous avions regardé notre petite manger ses céréales avec appétit, sans prononcer un mot. Puis nous l'avions accompagnée à pied à l'école, tenant chacun Priscilla par une main.

— Il faut attendre le commandant, il ne va pas tarder, nous prévient un jeune gars qui relève à peine la tête quand nous nous présentons.

Il désigne des chaises en plastique blanc, les mêmes que celles où j'ai passé la nuit, le soir de l'assassinat de mon fils. Nous patientons en nous tenant par la main. Celle de Sylvia est chaude, elle s'impatiente et voudrait que j'exige de voir le salaud qui a tué notre petit. Nous levons les yeux chaque fois que la porte s'ouvre. Ce ne sont que des gens qui viennent porter plainte, et nous les écoutons se lamenter pour un vol de sac à main dans une voiture, un passeport disparu, un vol de scooter. Ils disent qu'ils viennent pour l'assurance. Entre eux, ils racontent que leur « plainte ne servira à rien », que « les escrocs s'en tirent toujours ».

— Attendez là, on va vous recevoir, leur répond le jeune gendarme en désignant les chaises blanches.

Et bientôt, nous sommes une dizaine à patienter. Le commandant Peyrot arrive enfin, il nous sourit et nous serre longuement la main.

— Venez avec moi.

Il est rasé de près, impeccable dans son uniforme, l'air sérieux et amical, comme toujours. Il nous invite à nous asseoir. Dans son bureau aussi, les chaises sont en plastique blanc.

— La nuit a été courte, affirme-t-il en préambule, mais notre homme a fini par craquer.

Il sort une épaisse chemise grise sur laquelle est inscrit « Affaire Victor Rodriguez », et montre du doigt le bas de la troisième page :

— C'est sa déposition, il a signé ici. Ses aveux sont extrêmement circonstanciés.

J'aperçois une signature à l'encre noire et je demande :

— Qui c'est ?

Je n'ai en tête que le souvenir du visage transpirant de trouille de ce salaud de Boulard.

— Un certain Antoine Demay, vingt-huit ans, sans emploi.

Je pense : « un chômeur », avant de réaliser que ce n'est pas Boulard qu'ils ont arrêté. Le commandant poursuit d'une voix neutre en parcourant le dossier :

— Il a été appréhendé hier à un contrôle routier, en état d'ébriété, avec un gramme et demi d'alcool dans le sang. L'individu a été conduit ici et les choses se sont accélérées.

J'ose demander s'ils sont certains de tenir l'assassin de notre fils. Le commandant s'étonne à peine de ma question. Il sourit, content de lui, et pointe encore le doigt sur la déposition.

— Il n'y a aucun doute, monsieur et madame Rodriguez. Demay est passé aux aveux dans la soirée et il les a signés à 1 h 25. Je ne vous dis pas qu'il ne s'est pas fait un peu tirer l'oreille, mais sa voiture porte les traces d'une collision à l'avant droit et le rétroviseur droit est arraché. Il a d'abord été incapable de s'expliquer, ce qui a mis la puce à l'oreille de l'adjudant Tramont. J'ai aussitôt été informé et Demay a rapidement reconnu les faits. L'adjudant a eu du flair. C'est pourtant un tout jeune gars, mais plein d'avenir ! À l'occasion, je vous le présenterai.

Sylvia serre ma main avec tant de force que je laisse échapper un petit cri qui fait relever la tête au commandant.

— Vous voulez que je continue ? demande-t-il.

— Oui, oui, je vous en prie, répond Sylvia.

Peyrot poursuit la lecture de la déposition :

— « Je rentrais chez moi, le mercredi 26 mars. J'avais un peu bu avec des copains au café Le Balto, 9 avenue Coluche à Noisy-le-Roi. J'ai entendu un choc à l'avant mais je n'ai rien vu et j'ai poursuivi ma route. J'affirme que je ne savais pas que j'avais renversé un gamin à vélo. Ce n'est que le lendemain matin que j'ai vu des traces sur mon véhicule, une Renault Clio de couleur verte. J'ajoute que je n'ai jamais fait le lien avec l'accident du petit Victor Rodriguez, et que je n'ai pas cherché à dissimuler les traces de l'accident. Jusqu'à ce jour, je ne savais pas que j'en étais l'auteur. »

Ainsi, l'assassinat de mon fils se résume à ça : un ivrogne qui ne s'est même pas aperçu qu'il avait renversé un enfant à vélo. Je ne peux m'empêcher de demander :

— C'est tout ?

— Oui, monsieur Rodriguez. Mais nous disposons d'aveux circonstanciés et de marques irréfutables sur le véhicule en question. C'est bien notre homme. Je vous le répète : il n'y a aucun doute sur ce point.

Le commandant laisse échapper un sourire de contentement et guette notre approbation, attend nos félicitations. Je n'arrive pas à réaliser que la mort de mon fils est racontée là, dans ces trois pages dactylographiées.

Une affaire réglée, presque banale. Mon enfant était au mauvais endroit, au mauvais moment. J'éprouve un profond sentiment d'injustice. J'aurais voulu tomber sur un vrai salaud, sur Boulard, et ce n'est qu'un pauvre type.

— Soyez rassurés, monsieur et madame Rodriguez, il ne va pas s'en tirer comme ça. Il va être présenté au juge dans la journée, et il sera inculpé de délit de fuite. Ne vous inquiétez pas, il va salement payer.

Sylvia lâche ma main et sort de son silence :

— Je veux le voir.

— Vous y tenez vraiment ?

Je sens qu'il est à deux doigts d'ajouter : « Ça ne vous rendra pas votre enfant. » Elle prononce avant moi un « oui » si puissant que le commandant poursuit d'une voix douce, amicale :

— Si vous y tenez, mais il n'est pas beau à voir, le pauvre bougre.

Sylvia explose :

— Comment pouvez-vous parler de « pauvre bougre » à propos de l'assassin de mon fils ! C'est insupportable ! Je vous interdis de dire que c'est un pauvre bougre. C'est un assassin, commandant ! L'assassin de mon fils. Et j'ai le droit de le voir.

— Excusez-moi, madame Rodriguez. Je voulais seulement dire qu'il n'était pas beau à voir. Mais suivez-moi.

« Par pitié, commandant, ne nous dites surtout pas qu'il regrette son geste et qu'il a pleuré toute la nuit. Sylvia ne le supporterait pas. Vous ne savez pas, commandant Peyrot, que je lui ai promis de tuer l'assassin de notre fils. Et pour moi aussi, il ne sera jamais un "pauvre bougre", sinon comment pourrai-je tenir la promesse que j'ai faite à ma femme ? »

— C'est ça ?

Il y a tant de mépris et de haine dans l'interrogation de Sylvia. « Ça » veut dire cette merde qui s'est pissé dessus et a dégueulé dans un coin de la cellule. « Ça », c'est cette saloperie qui garde les yeux baissés quand Sylvia hurle à travers la porte vitrée : « Regarde-moi, salopard, ordure, sous-homme. » « Ça », c'est cette forme tassée, recroquevillée sur elle-même et qui soudain se met à trembler. C'est donc « ça » qui a détruit mon bonheur paisible, cet homme vêtu d'un pull à col roulé noir et d'un pantalon de velours rouge pâle. D'où je suis, un peu en retrait de Sylvia qui s'est précipitée la première dans le sous-sol de la gendarmerie, je ne vois d'abord que sa tignasse blonde. Il tient sa tête entre ses mains aux ongles sales et trop longs.

Le commandant ne peut s'empêcher d'intervenir :

— Je vous avais prévenus, il n'est pas beau à voir.

Puis, comme s'il réalisait qu'il nous devait bien cela, il ordonne :

— Demay, levez-vous devant les parents de l'enfant que vous avez tué. Comportez-vous en homme, Demay. Et cette fois, ne fuyez pas.

L'homme hoche seulement la tête, comme pour signifier qu'il est déjà vaincu, que le peu qui le tenait en vie est foutu. Il n'est plus qu'une loque, un déchet. Il a abandonné toute dignité.

Le commandant Peyrot, toujours aussi raide, nous désigne avec autorité :

— Ces gens ont le droit de vous regarder les yeux dans les yeux. Relevez-vous, Demay !

Celui qui a tué mon fils déplie sa longue carcasse maigre. Je ne vois d'abord que son visage, ravagé de fatigue et de honte, ses yeux injectés de sang d'où coulent des larmes. Je n'ai que faire de sa souffrance, de ses remords. Ses larmes me dégoûtent. Ce n'est qu'un lâche qui pleure sur son sort. Je ne veux pas de ses excuses qui sortent du bout de ses lèvres gercées.

— Pardonnez-moi, madame et monsieur, je ne l'ai pas fait exprès.

— Salaud, crache Sylvia.

— Pardon, pardon.

Ce sont les seuls mots que parvient à murmurer l'assassin de mon fils.

Il ne regarde que moi, comme si le pardon ne pouvait venir que du père immobile et muet face à lui. Il est incapable de se tourner vers Sylvia, qui frappe de toutes ses forces la vitre du plat de la main.

— Regarde-moi, ordure. Regarde celle à qui tu as pris un enfant.

Le lieutenant Favier, celui qui le premier m'avait annoncé la mort de Victor, la saisit par le bras. Elle se dégage, s'écarte et me dit :

— Allons-nous-en, maintenant.

Sylvia s'engage dans l'escalier, nous entraînant dans son sillage. Le commandant Peyrot paraît soulagé. Il savait que l'épreuve serait rude, et peut-être attend-il à présent que nous le remerciions pour le résultat obtenu. En haut des marches, il nous retient encore :

— Le temps est souvent notre meilleur allié dans ce genre d'affaire. Je sais que vous avez douté, et c'était bien normal. Mais je tiens à ce que vous sachiez qu'ici nous n'avons jamais laissé tomber. Cette affaire nous tenait vraiment à cœur, croyez-moi. Ce n'est pas un cas résolu de plus, c'est la justice, monsieur et madame Rodriguez, la justice !

En vérité, je ne le crois pas, mais comment ne pas les remercier maintenant, lui et ses hommes qui viennent l'un après l'autre nous saluer, un sourire aux lèvres que je ne peux m'empêcher de trouver indécent ? Pour eux, « l'affaire Victor Rodriguez » est désormais terminée. On sent qu'ils sont heureux pour nous d'avoir enfin abouti, mais le contentement de ces hommes m'est insupportable. Pourtant, comment ne pas les remercier tous cordialement, ils n'en attendaient pas moins de moi, ce matin. Alors qu'il n'y a en moi que du désespoir, et un profond abattement.

Soudain, Sylvia s'échappe et s'élance en direction des marches. Le commandant Peyrot tente de la retenir mais elle le repousse. Déterminée, elle se précipite dans l'escalier et nous surprend, moi le premier.

— Madame Rodriguez, revenez ! crie en vain le commandant.

Je la vois s'approcher de Demay. Seuls les quelques centimètres de la porte vitrée les séparent. L'homme est toujours debout, les deux mains appuyées contre la vitre, la tête baissée. J'entends Sylvia s'adresser à lui sans parvenir à saisir ses mots, puis elle recule et crache de toutes ses forces en direction du visage de l'assassin de notre fils. Elle accomplit ce que je n'ai pas osé faire tout à l'heure. Demay n'a pas bronché, comme s'il n'avait rien vu ni entendu, indifférent au crachat qui s'écoule lentement le long de la vitre. Ce monstre a-t-il seulement compris ce qu'elle lui a murmuré, les yeux dans les yeux ?

Sylvia me rejoint, prend ma main et me dit :

— Partons. Nous n'avons plus rien à faire ici.

Puis, d'une voix assurée, elle se tourne vers le commandant et ses hommes encore sur le qui-vive :

— Merci, messieurs. Vraiment, merci pour tout.

Et elle m'entraîne vers la sortie, avec un éclat dans le regard dont je suis le seul à connaître le sens. Je songe un instant à M. Boulard dont la vie n'a tenu qu'à un fil. Je ne vois plus que ce Demay, cette pourriture qu'un jour, je tuerai.

Sylvia

Dans la voiture, je demande à Antonio de me déposer à l'hôpital. Il s'en étonne à peine, peut-être même en est-il soulagé. Je n'ai pas envie de passer la journée avec lui, à ressasser ce que nous venons de vivre. Que pourrions-nous nous dire de plus, si ce n'est exprimer jusqu'à saturation le dégoût que m'inspire le tueur de Victor ? Lui aussi, sans doute, a envie de rester seul, à voir comment il est passé à l'orange cette fois.

— Sois prudent !

— Je suis prudent.

— Tu es passé au rouge.

— À l'orange ! Et il n'y avait personne.

— Nous ne sommes plus pressés, maintenant. Ne conduis pas comme un fou.

— N'importe quoi.

— Nous n'allons quand même pas nous disputer alors qu'on vient d'arrêter l'assassin de Victor.

Je lui prends la main, la caresse, et je me lance :

— Alors ?

Je sens son trouble. Il tente de retirer sa main mais je la retiens et j'insiste :

— Parle-moi, Antonio.

Il s'arrête sur le bas-côté. Enfin, il m'attire à lui et je me laisse faire, posant la tête sur son épaule. Il y a si longtemps que nous n'avons pas été aussi proches. Je reconnais son odeur que j'aime tant, et je réalise que cela fait des mois que je ne m'en suis pas enivrée. Je ferme les yeux pour l'écouter. Il raconte le mépris qui l'a envahi, la haine qui l'a submergé, les mots qu'il n'a pas su dire. Il ajoute qu'il a été horrifié, que, à un moment, il a voulu fuir. Il me confie qu'il est soulagé et un peu perdu. Il traite Demay de bête, d'animal repoussant.

— À la fin, je ne pouvais plus le regarder. Il était tellement repoussant dans sa crasse et sa pisse. Et puis je n'arrivais pas à réaliser que c'était lui. Que c'était fini.

Il dit « Demay » et non « l'assassin de Victor ». Je n'aime pas ça, et soudain, je m'inquiète :

— Ce n'est pas fini, Antonio. Tu n'as pas oublié ta promesse ?

— Non, mon amour, je n'ai pas oublié. Je n'ai même pensé qu'à ça quand nous étions en face de lui. Je le ferai, je te l'ai promis.

Il ajoute, comme s'il cherchait à me rassurer :

— C'est une ordure et il n'a pas le droit de vivre.

Ces mots me frappent au cœur. Je réalise que sa conviction a faibli. Je comprends qu'il aurait suffi que je dise : « Abandonne et attendons le procès », pour qu'il se sente délivré. Mais moi je ne serai délivrée que lorsque cet homme sera mort, et, serrés l'un contre l'autre, nous le savons tous les deux. Je suis incapable d'admettre que le tueur de mon fils reste en vie, alors je lui demande s'il a compris pourquoi je suis redescendue. Mais il préfère répondre :

— Non, dis-le-moi.

— Je suis allée lui dire que tu allais le tuer. Je n'ai rien dit d'autre, seulement : « Mon mari va te tuer, ordure. » Et je lui ai craché au visage. Tu ne peux pas imaginer à quel point j'étais heureuse à ce moment-là.

Je l'attire à moi pour le serrer encore plus fort et je m'entends murmurer :

— Ne m'abandonne pas, Antonio. Ne m'abandonne pas…

Son odeur, l'odeur de l'homme que j'ai toujours aimé, je l'emporte avec moi tandis que je m'éloigne d'un pas rapide en direction de l'hôpital. Quand je pénètre dans le bâtiment, Antonio n'a toujours pas démarré. Je l'imagine prostré au volant, se demandant comment il va bien pouvoir respecter sa promesse, sachant qu'il ne pourra pas y échapper.

Je ne le permettrai pas, j'attendrai le temps qu'il faudra mais je veux qu'il nous venge. Ce monstre, l'assassin de mon Victor, sortira un jour de prison.

J'attendrai le temps qu'il faudra, mais je sais que, ce jour-là, Antonio, mon mari, le tuera. Il ne peut pas en être autrement.

Je n'ai aucune intention d'aller travailler ce matin. J'ai seulement envie de rester seule, de me promener à mon gré. Je n'ai surtout pas envie de montrer à Antonio que je me sens libérée de tout le poids qui pesait sur moi ces derniers mois, presque heureuse d'avoir craché à la face de l'assassin de mon fils qu'il allait mourir. Antonio va nous venger et c'est la seule chose qui importe, la seule capable de me guérir.

J'ai bien vu que mon mari chancelait, qu'il était prêt à l'épargner, à attendre son procès. Je ne veux pas de ce procès, je veux que l'assassin de mon fils disparaisse, qu'il n'existe plus. J'aurais pu dire à Antonio que, s'il ne le faisait pas, je m'en chargerais moi-même, et il aurait protesté, assuré que c'était à lui de le faire. Mais je ne voulais pas l'entendre dire qu'il allait tuer ce type pour moi. Non, Antonio, ce n'est pas ma vengeance, elle doit être la nôtre, ce sera la démonstration de notre amour.

Je surveille sa voiture depuis le hall et il s'éloigne enfin. Peut-être va-t-il aller chez Gaboriaud, puisque son travail est son refuge.

Je m'apprête à sortir quand j'entends : « Sylvia ! » Je me retourne. C'est Eugénie, une aide-soignante du service pédiatrique à laquelle, un jour, j'ai fait l'erreur de confier mon désespoir. Depuis, elle croit être mon amie et elle est toujours avide de mes confidences.

— Qu'est-ce que tu fais là ? Je croyais que tu avais posé ta journée.

Elle m'entraîne à sa suite et dit :

— Tu viens ? Je vais m'en griller une dehors.

Je ne lui échapperai pas, alors je l'embrasse et je la suis. Je lâche aussitôt, d'une voix la plus neutre possible :

— Les gendarmes ont arrêté l'assassin de Victor.

Elle marque un instant de surprise, puis elle ajoute ce que tout le monde pensait sans oser me le dire :

— Je n'y croyais plus, ça fait si longtemps que ton petit est mort.

Je frémis à ces mots : « Ton petit est mort. » Elle le lit dans mon regard et, désolée, elle se sent obligée de s'excuser.

— Pardonne-moi, ça m'a échappé. Mais nous avons toutes été tellement bouleversées, moi la première. Je sais que tu as beaucoup souffert.

Elle tente de s'approcher de moi mais je n'ai que faire de son affection. Qu'est-ce qu'elle craint ? Que je craque maintenant ? Il en faudrait plus aujourd'hui pour que je m'effondre, et je les ai tellement impressionnées par mon calme, jusqu'à présent. J'ai toujours refusé de leur livrer ma douleur et ma haine, alors que je voyais qu'elles n'attendaient que ça. Combien de fois les ai-je entendues dire : « Elle est forte, Sylvia, moi, je ne pourrais pas. » Elles ont bien vu tous les kilos que j'ai perdus, cette mèche blanche au milieu du front, mon silence durant les journées, et pourtant elles ont continué à dire : « Elle est forte, Sylvia. »

— C'est rien. Ne t'inquiète pas. Donne-moi plutôt une cigarette.

Je l'ai rassurée. Sa curiosité l'emporte sur sa gêne :

— Quand ? demande-t-elle. Quand est-ce qu'ils ont arrêté ce fumier ?

Elle sait que ce mot « fumier » ne peut que me faire plaisir.

— Hier soir. Je l'ai vu ce matin avec Antonio.

— Raconte, insiste-t-elle en me tendant une cigarette.

Je prends le temps de l'allumer avant de tout lui dire, jusqu'au crachat que j'ai envoyé au visage de « ce fumier ».

— J'aurais fait comme toi, se contente-t-elle de commenter.

Je garde seulement pour moi les mots que j'ai prononcés. Le reste, elle pourra le raconter aux autres. Parce que je sais qu'elle n'attend que ça, j'ajoute :

— Maintenant, je suis soulagée. C'était trop dur de savoir que l'assassin de Victor était en liberté. Maintenant, il va falloir qu'il paie pour ce qu'il a fait.

— Il va prendre des années de taule, ce fumier, conclut-elle en m'attrapant les mains.

Je n'ai pas réussi à échapper à son geste d'affection et je la laisse me prendre dans ses bras.

— Il va payer, tu peux en être sûre, reprend-elle.

— Oui, il va payer, même si ça ne me rendra pas mon petit, dis-je en écrasant ma cigarette. Montons, maintenant.

— Prends plutôt ta journée. Tout le monde comprendra, après de telles émotions…

— Non, c'est bon. Allons-y.

Je n'ai plus envie d'aller me promener. Pour moi aussi, le travail est peut-être un refuge. Je me dirige vers l'ascenseur quand je l'entends demander :

— Vous êtes sûrs que c'est lui ?

À peine a-t-elle posé cette question qu'elle la regrette déjà, tellement ma réponse est brutale :

— Évidemment que c'est lui. Je l'ai vu dans son regard.

Je me tourne vers elle et je la fixe droit dans les yeux.

— C'est lui, l'assassin de mon fils, Eugénie. Pour moi il n'y a aucun doute là-dessus.

Elle s'excuse encore et garde le silence tandis que j'appelle l'ascenseur. Mais la boule d'angoisse qui m'avait quittée s'empare à nouveau de moi. La question de cette imbécile a réveillé ma douleur. Antonio parviendra-t-il à m'en délivrer ?

Christine Boulard

Il est plus de 20 h 15 et Jean-Pierre n'est toujours pas rentré. Il sait parfaitement (je le lui ai répété tant de fois) qu'il doit être là avant 20 heures s'il veut manger chaud. Aussi, à bout de patience, je pousse les enfants dans la cuisine pour passer à table immédiatement, sans l'attendre. J'en ai assez d'être à la disposition de « monsieur ». Avant, ça me paraît si loin désormais, je faisais manger les enfants et je l'attendais. J'ose même dire que j'appréciais nos dîners en tête à tête, enfin débarrassés des gosses. Jean-Pierre avait tant de choses à raconter sur sa journée ! Maintenant, quand il lui arrive de traîner, je dîne avec les petits, et tant pis si sa viande est tiède. Il n'y a rien de pire qu'une entrecôte réchauffée. Jean-Pierre en a fait l'expérience à une ou deux reprises et je pensais que ça l'avait calmé. Je ne suis plus « madame deux services » !

J'ai mis du temps à le dresser, mais à présent, question horaires, il file doux. Sinon, ce serait « régime viande tiède et la gueule toute la soirée » ! Depuis qu'il y a goûté, il rentre directement du travail. Finis les apéros avec les amis, enfin, quand je dis amis... je préfère ne pas penser qu'il y a une poule là-dessous. Les copains sont souvent un bon alibi, les femmes le savent bien. Mon Jean-Pierre je le connais, à faire le beau avec la première pétasse venue. Mais j'ai définitivement mis les choses au point : plus d'apéro en sortant du boulot, sinon c'est viande tiède ! Et, question pétasses, j'ai été très claire : si je le prends en faute, il le regrettera. Évidemment, il a nié, comme à son habitude, il m'a traitée de « paranoïaque », mais je crois (je suis même sûre) qu'il a retenu la leçon. Seule la curiosité (ou l'habitude) me pousse encore à fouiller sa messagerie sur son portable. Je sais que je n'y trouverai rien, soit parce qu'il est très prudent, soit parce que, plus probablement, il file droit désormais. J'ai tendance à pencher vers la deuxième hypothèse, car avec les cartes que j'ai en main, il n'a pas intérêt à faire de bêtises.

Alors, pourquoi n'est-il toujours pas là ? Je refuse de l'appeler sur son portable. Tandis que les enfants mangent bruyamment (j'ai du mal à supporter cela mais je ne peux pas faire constamment la police...), j'ai remis son steak sur le feu. Ce sera ma petite vengeance, car il apprécie la viande saignante et, là, elle sera bien cuite !

20 h 30. Je m'impatiente, je fais des allers-retours à la fenêtre. Il le paiera cher s'il pue l'alcool et la pouffiasse.

— Il est où, papa ? demande Amandine de sa petite voix si agaçante.

Elle a bien vu, cette petite garce, que je bous d'impatience. Perverse comme elle est, je suis sûre qu'elle le fait exprès rien que pour m'énerver. C'est bien la fille de son père. Autant avec mes garçons ça devrait aller, autant avec celle-là, je n'ai pas fini d'en baver. Cette gamine me prépare une adolescence difficile.

Je réponds que papa a été retardé au travail et qu'il va arriver et j'ordonne d'un ton sans appel :

— Débarrassez, maintenant.

— Il est où, papa ? répète Amandine.

Je n'ai qu'une envie, qu'ils déguerpissent. Je ne veux pas qu'ils soient là à l'arrivée de Jean-Pierre, et, surtout, je ne veux pas les voir se jeter dans ses bras ni les entendre lui demander : « T'étais où, papa ? » Ne pas l'entendre mentir alors que je commence à me dire qu'il a passé la soirée à roucouler avec une femme. S'il m'a fait ça, je jure qu'il va le regretter. Je réponds sur un ton sans réplique :

— Allez vous coucher. Je finirai.

— Je laisse l'assiette de papa ? insiste Amandine, le verre de son père en main.

— Montez, j'ai dit. Disparaissez !

Quelques minutes plus tard, je les entends chahuter dans leur chambre. Il va falloir que je monte les calmer, ces saligauds, ils ont bien vu que le retard de leur père m'avait mise dans tous mes états et ils en profitent. Je déboule à l'étage et je crie : « Au lit, maintenant ! » Ils comprennent que ma colère n'est pas feinte et qu'ils ont intérêt à obéir, sinon, ils auront droit à une bonne fessée. Je suis de ces mères qui ont la main leste ! Soudain, nous entendons la porte d'entrée s'ouvrir et Jean-Pierre demander à la cantonade d'une voix forte :

— Y a quelqu'un ?

— Papa ! s'écrie Amandine la première.

Elle m'échappe, entraînant ses frères dans l'escalier, et ils se précipitent dans ses bras. Calmement, je me dirige vers le palier et, du haut des marches, j'aperçois Amandine en train d'embrasser Jean-Pierre dans le cou.

— Maman était si inquiète, murmure Kévin, me désignant en train de les observer, les mains sur les hanches.

Je n'aime pas ces effusions. Que diraient ces gosses si maintenant je leur avouais la vérité, que leur père chéri avait écrasé un petit enfant et qu'il s'était sauvé comme un lâche ? En un instant, je pourrais détruire cette harmonie familiale insupportable, mais je me contente d'ordonner :

— Au lit, maintenant.

Je jette un coup d'œil sur l'horloge de cuivre qui nous vient de ma grand-mère et que j'ai tenu à mettre dans le salon, malgré son tic-tac si bruyant que Jean-Pierre arrête le balancier pour regarder la télé.

— Il est presque 9 h 30.

— Au lit, mes amours, confirme Jean-Pierre en reposant Amandine. Je viendrai vous faire une bise tout à l'heure.

— Promis ? réclame Arthur.

— Promis. Foi de papa !

— De papa chéri ! renchérit Amandine.

Les gosses passent devant moi sans s'arrêter et je leur dis :

— N'oubliez pas d'éteindre.

Puis, je me dirige vers Jean-Pierre, bien décidée à l'affronter ce soir. Je tends la joue, il y dépose un rapide baiser, mais j'ai eu le temps de le renifler. Comme je m'y attendais, il sent l'alcool.

— Tu pues !

— Delmas m'a gardé. Tu sais bien comment il est, avec lui, il est impossible de refuser.

— Tu aurais pu appeler, non ?

— Je l'ai fait mais ça sonnait tout le temps occupé. Regarde, il n'est pas raccroché.

Il a raison. Le combiné du téléphone est posé de côté. Un point pour lui, mais il ne sait pas encore ce qui l'attend. Je vais le mettre à genoux. J'attrape son manteau. Je ne sens pas d'odeur de salope, mais celle de l'alcool, et je demande :

— Vous avez beaucoup bu ?

— Quelques verres. Chacun a payé sa tournée. Nous n'étions que quatre, avec Irène et Lassus, le chef des ventes dans le Sud-Est. Quatre pastis, ce n'est pas la mort ! Tu ne vas pas me faire la gueule pour un petit apéro avec le patron. Je ne pouvais quand même pas leur dire que ma femme exige que je sois à la maison avant 8 heures, sous peine d'être privé de dessert !

— Tu te crois malin, ne puis-je m'empêcher de répliquer.

Soudain euphorique, il me défie.

— Le patron voulait fêter ça.

— Fêter quoi ?

— C'est vrai, tu ne le sais pas encore.

Je vois qu'il fait durer son plaisir. Il m'intrigue, prend son temps. Il ne va quand même pas m'annoncer une nouvelle promotion ! C'est donc ça qui le rend si sûr de lui, ce soir ?

— Ne me dis pas qu'il t'a accordé une augmentation.

— Pas vraiment. Même s'il a donné à tout le monde une prime de cent euros. Il était tellement content, le boss.

— Content ?

— C'était l'euphorie aujourd'hui à la boîte ! Et tu sais pourquoi ?

J'ai hâte qu'il en finisse avec son air triomphant, alors je lui lance :

— Non, Jean-Pierre, je ne suis pas voyante.

Enfin, un sourire narquois aux lèvres, un sourire que je ne pourrai jamais oublier tant il ne s'adresse qu'à moi, comme une revanche sur des semaines de non-dit et d'allusions feintes, car, ces derniers mois, je ne l'ai jamais laissé tranquille avec l'histoire de Rodriguez, il lâche :

— Ils ont coffré celui qui a renversé le petit de Rodriguez.

— C'est pas possible !

Il voit que j'accuse le coup et poursuit, toujours triomphant :

— Et si, c'est possible, Christine. Le gars a même avoué.

J'aurais dû lui dire : « Tu sais que cet homme est innocent puisque c'est toi qui as tué le petit et qui t'es enfui. » J'aurais dû lui cracher la vérité au visage pour qu'il arrête enfin de sourire. Au lieu de cela, je me contente de demander :

— Tu as faim ?

— Pas qu'un peu. Il n'y avait que des cacahuètes à bouffer.

— J'ai fait cuire un steak.

— Il doit être froid maintenant.

— Je ne pouvais pas savoir que tu rentrerais tard.

— Avec de la moutarde, ça ira. Pas de blème, comme disent les jeunes !

Sans que je devine si c'est pour me narguer ou si cela lui est venu naturellement, il ajoute :

— Je suis crevé. Je vais dormir comme un bébé, moi, ce soir !

Je m'installe dans le salon pour écouter la radio, le laissant dîner seul. Je l'entends ouvrir une bouteille de vin et crier :

— Christine, viens. Ils en parlent à la radio.

Comme je ne bouge pas, il monte le son et hurle encore :

— Le type, il s'appelle Demay. C'est un chômeur de vingt-huit ans.

Et d'ajouter, triomphant :

— Ils disent que ce fumier est bon pour les assises.

Je me précipite dans la cuisine :

— Jean-Pierre, arrête de crier et baisse la radio, tu vas réveiller les enfants. Ils ont école demain.

Il obéit, éteint la radio et me dit à voix basse :

— Qu'est-ce que tu peux être rabat-joie, toi ! On dirait que tu n'es pas contente qu'ils aient serré ce type-là. Pourtant, j'avais l'impression que l'affaire te passionnait.

En le voyant vider son verre d'un trait, je ne l'ai jamais trouvé aussi méprisable. Il a un sourire narquois, l'air de dire : « Tu vas maintenant arrêter de me faire chier avec Rodriguez. »

Ce ne sont pas ses ronflements qui m'ont tenue éveillée jusqu'à maintenant. Depuis longtemps j'ai fini par m'y faire et, lorsqu'ils sont trop bruyants et qu'ils me réveillent, je sais que j'ai des boules Quies dans le tiroir de la table de nuit. D'ordinaire, je le secoue, et ses ronflements s'arrêtent quelques instants, le temps de me rendormir dans un silence parfait. J'ai la chance, depuis toujours, de pouvoir trouver le sommeil facilement. Je plains de tout mon cœur les femmes obligées de supporter les bruits de leur mari, qui finissent par faire chambre à part. Heureusement, j'ai mes bouchons d'oreilles, car je n'aimerais pas ne pas dormir dans le même lit que lui. Ce n'est pas que je l'aime ou que j'apprécie sa façon de me baiser une fois par semaine, mais les enfants ne comprendraient pas, et, de toute façon, le problème est réglé puisque nous n'avons pas la place à la maison… Quant à savoir si je l'aime, franchement, il y a longtemps que cette question ne me tracasse plus. Lorsqu'il m'a trompée, je me suis sentie trahie et je l'ai détesté, j'ai même envisagé de le quitter. Mais petit à petit, nos relations se sont apaisées et j'ai trouvé mon équilibre entre l'indifférence à son égard et la vie finalement assez agréable que je mène à ses côtés. Je crois que beaucoup de couples fonctionnent ainsi, et que la séparation n'est pas la bonne solution. J'ai été très amoureuse de lui, je n'ai pas honte de le dire, mais il faut croire que l'amour ne peut pas durer toute la vie… Un couple se construit autrement, grâce aux enfants et aux projets que l'on bâtit ensemble, pour eux et pour nous. Jean-Pierre et moi aurions sans doute continué ainsi longtemps, mais tout a basculé le jour où j'ai compris qu'il avait renversé le gamin et qu'il s'était enfui. À présent, c'est plus fort que moi : il me dégoûte, je le méprise. C'est en serrant les dents et en comptant les secondes que je supporte désormais qu'il jouisse en moi une fois par semaine.

Cette nuit, l'envie de lui dire que je sais tout me tient encore éveillée, et je viens d'entendre sonner 3 heures à la pendule d'en bas. J'ai la rage en repensant à sa satisfaction insolente. Je ne supporte pas l'idée qu'il se croie désormais totalement à l'abri. Il va reprendre ses aises, maintenant que l'autre innocent a avoué. Jusqu'ici, je me suis contentée d'avancer à coups de petites allusions perfides, à fleuret moucheté, comme on dit. Mais, ce soir, je suis bien décidée à lui enfoncer le poignard dans le bide, jusqu'à la garde.

J'ai toutes les preuves de sa culpabilité en tête. Je sais qu'il n'a pas crevé ce soir-là. Je ne suis pas totalement idiote, mon cher mari, j'ai vérifié, pendant que tu regardais la télé, que la roue de secours était toujours à sa place. Cela m'a alertée, tu m'as menti. Ensuite j'ai aperçu les traces d'un accident à l'avant de sa voiture. Bien sûr, je n'ai pas fait immédiatement le lien avec la mort du petit Rodriguez mais, allez comprendre pourquoi, dans les jours qui ont suivi, j'ai fait le rapprochement. J'ai accumulé les preuves contre lui. J'ai, sur mon portable, les photos du feu avant fendu et de l'aile rayée de rouge. J'ai aussi conservé la photocopie de la facture du carrossier. Je pourrais même témoigner que tu es arrivé en retard ce soir-là, et les enfants, dans leur naïveté, confirmeront mes accusations. Ils se souviendront que c'était le jour où les frites étaient tièdes puisque cela n'arrive jamais, excepté ce jour-là. Peut-être confirmeront-ils aussi que leur père avait un comportement bizarre, puisqu'ils m'en avaient fait la remarque le lendemain matin.

Mon mari croit sans doute que je n'ai rien remarqué, et s'il pense que je suis trop conne pour ça, il se fout complètement le doigt dans l'œil. Cet homme ne s'en doute pas, mais je le suis en permanence, je l'espionne, je fouille dans ses poches, dans son portable, je vérifie ses horaires, j'appelle au bureau à l'improviste pour m'assurer qu'il y est bien. Depuis qu'il m'a honteusement cocufiée, je n'ai plus aucune confiance en lui. Certes, il s'en est bien tiré et j'ai fait semblant de gober sa version, pas mécontente que cette pute ait été virée. Mais mon mari est trop malin, ou trop prudent, car je n'ai pas réussi à le prendre en faute, jusqu'au matin où j'ai vu les traces d'un accident sur sa voiture. Étonnamment, il n'en a jamais parlé, alors que, d'habitude, il se serait mis en rage pour la moindre égratignure. Car sa bagnole est sacrée ! Un jour, je l'ai vu poursuivre et serrer un type en scooter qui avait eu le malheur de donner un petit coup sur le rétroviseur pour lui demander de s'écarter. Il avait failli le faire tomber, et le gars s'était vengé, après nous avoir rattrapés, en donnant un coup de pied contre la portière, avant de s'éloigner en lui faisant un doigt d'honneur. Mon mari l'aurait écrabouillé s'il l'avait retrouvé, mais le motard lui avait échappé en prenant un sens interdit. Jean-Pierre s'était entêté en vain pendant plus d'une heure à essayer de le retrouver. Tout ça pour dire qu'il ne faut pas toucher à sa bagnole. Alors, il devait forcément y avoir quelque chose de louche pour qu'il ne parle jamais de son avant droit rayé de rouge.

J'ai d'abord pensé qu'il était avec une poule et qu'il évitait les explications, puis j'ai rapidement fait le lien avec la mort du petit. Le journal parlait d'une voiture verte et d'un vélo rouge. La date et l'heure coïncidaient, et, surtout, l'accident avait eu lieu sur son trajet. J'ai noté le jour où il est revenu avec un feu tout neuf et, si besoin est, je pourrai fournir l'information aux gendarmes. De temps en temps, je m'amusais à lui parler de Rodriguez, je le forçais à traiter celui qui avait tué le petit de « salopard ». Il tentait de fuir, de changer de sujet, mais j'insistais, et, une fois, j'ai même réussi à lui faire dire que « ce salopard méritait qu'on lui tranche la gorge ».

Et puis, un jour, en rentrant d'Eurodisney, où entre parenthèses je m'étais particulièrement ennuyée (je déteste attendre des heures pour une attraction de quelques minutes), je lui avais montré les traces rouges sur la carrosserie, afin de guetter sa réaction. Elle avait été à la hauteur de mes attentes, ce salaud me mentait encore une fois. Dès lors, je ne l'avais plus lâché tant qu'il ne signalerait pas l'accident à l'assurance. Je devinais pourquoi il cherchait à gagner du temps. Aussi, plus il repoussait le moment qui aurait pu le faire plonger, plus je m'obstinais. Je le harcelais pour le seul plaisir de l'emmerder, je m'amusais de ses hésitations et parfois de sa peur, si palpable. Mais, je dois le reconnaître, d'abord j'ai été soulagée de constater qu'il était de nouveau passé entre les gouttes. Que serais-je devenue avec mes trois gosses et un mari en taule ? Désormais, je m'en moque.

J'ai un dossier en béton et, cette nuit, j'ai envie de le lui balancer au visage tellement je n'ai pas supporté son air triomphant. Je me fiche pas mal qu'un imbécile plonge à sa place, mais je ne veux pas qu'il se croie définitivement à l'abri. Ce soir, je veux qu'il sache que je sais.

Je n'accepterai jamais qu'il s'en tire aussi facilement, alors je le secoue. Il grogne, demande ce qui se passe, quelle heure il est.

— L'heure de te dire ce que je sais.

Je refuse d'éteindre et, sur un ton presque neutre, comme si j'étais désolée, je dis :

— Je sais que c'est toi qui as tué le petit Rodriguez.

— Quoi ? Qu'est-ce que tu racontes ? Tu me réveilles pour des conneries pareilles ?

Il se retourne, souffle bruyamment, fait mine de vouloir se rendormir, mais j'insiste. J'avance à ma façon, avec douceur :

— C'est toi qui as renversé le petit Rodriguez. Je le sais. Aussi, dis-le-moi, mon chéri. Je suis prête à tout entendre. Mais dis-le-moi, mon amour, je te pardonnerai, dis-je d'une voix presque suppliante.

Il se lève. Il ne m'a jamais regardée aussi méchamment. Je me fais misérable :

— Je sais que c'est toi. Je ne peux pas supporter qu'un innocent soit accusé. J'ai honte pour nous, Jean-Pierre.

— Un innocent ? Tu oublies que cet innocent, comme tu dis, a avoué et qu'il est en taule !

— C'est un innocent, Jean-Pierre. Je n'arrive pas à dormir, je n'arrête pas de penser à cet homme qui est en prison. Il faut que nous en parlions.

Je laisse passer quelques secondes de silence et j'ajoute :

— Un innocent est en prison à ta place, mon chéri.

« Mon chéri ». Je me suis fait violence pour l'appeler ainsi. J'ai prononcé ces mots auxquels je ne crois plus, mes yeux, pleins de compassion, plantés dans les siens.

— Tu divagues complètement, ma pauvre fille ! Comment tu peux penser une chose pareille ? T'es tarée !

Je renifle, il croit que je pleure.

— Et tu chiales maintenant ! Il va falloir te faire soigner. Tu réalises, j'espère, de quoi tu m'accuses !

— Je sais, Jean-Pierre, je sais. Mais je ne peux pas garder ça pour moi.

Cette fois, je pleure vraiment, c'est si facile. Mais mes larmes ne l'atteignent pas.

— N'importe quoi, t'es vraiment tarée !

Il change soudain de tactique et tente de me prendre dans ses bras. Je me laisse faire.

— Ce n'est pas moi, tu entends, ce n'est pas moi. Je ne veux plus qu'on en parle. Compris ? dit-il d'une voix qui vacille.

Je sais parfaitement que je pourrais l'anéantir cette nuit. Mais, en vérité, je veux seulement sentir sa peur, sa peur de moi. Pour l'instant, je ne veux pas qu'il s'effondre, je choisis donc de sangloter. Finalement, c'est facile de pleurer, je poursuis entre deux larmes :

— J'avais besoin de te le dire, c'est tout. Je ne trahirai jamais rien, tu peux compter sur moi. Mais, ce soir, il fallait que ça sorte, dis-je en le regardant dans les yeux.

Il s'est radouci et parle à voix basse :

— Arrête de raconter n'importe quoi, ma chérie. C'est ridicule.

— Jure-moi, sur la tête des enfants, que tu n'as rien fait.

Il n'hésite pas, prend mes mains et plastronne :

— Je le jure, aucun problème. Ça va maintenant ?

— Sur la tête de nos enfants ! dis-je avec insistance.

Je vois qu'il hésite, mais il finit par dire :

— Puisque tu y tiens tant, je jure sur la tête des gosses.

Je murmure « merci » entre deux sanglots, puis « excuse-moi, Jean-Pierre ». Sa morgue me dégoûte. Il me lâche enfin, et j'en profite pour éteindre.

— Dormons, maintenant, dis-je.

Avant de mettre mes boules Quies, je l'entends encore murmurer : « N'importe quoi. » Il aura beau tout tenter, sa nuit est terminée. Mais je peux m'endormir, et m'estimer satisfaite de moi : désormais, cet homme me craindra. Je n'en demande pas davantage. Franchement, mon cher époux, je me moque pas mal qu'un autre trinque à ta place, à chacun sa merde ! Mais maintenant que tu sais que je sais, je ne serai plus cette chose négligeable à tes côtés. J'existe, Jean-Pierre, et, que tu l'acceptes ou non, reconnais-le : je tiens ton sort entre mes mains.

TROISIÈME PARTIE

22 février, 0 h 48

Antonio Rodriguez ouvre le coffre, attrape l'étui, sort l'arme et glisse les deux cartouches dans le canon. Ce fusil, il le tient de son père. Autrefois, ils allaient chasser ensemble dans les bois derrière le village, là où, aujourd'hui, il n'y a que des lotissements en construction.

Cela fait belle lurette qu'il ne va plus à la chasse. Le gibier a disparu. Mais il a retrouvé l'arme dans la cave, l'a nettoyée et a vérifié qu'elle fonctionnait toujours. Un après-midi, il s'est enfoncé dans la forêt de Rambouillet et il a tiré dans un arbre à hauteur d'homme, dans le ventre. L'écorce a éclaté, laissant un impact de plusieurs centimètres dans le bois tendre. Il sait maintenant qu'un seul coup suffira.

Il s'est garé en marche arrière, serré contre une fourgonnette, prêt à partir. Les immeubles autour de lui sont plongés dans l'obscurité, il n'y a pas une seule fenêtre allumée, et les rares lampadaires encore en état de marche renvoient une lueur jaunâtre. Il laisse les clefs sur le contact et sort, l'arme à la main. Si quelqu'un l'apercevait maintenant, il comprendrait et appellerait la police, mais la cité est silencieuse, endormie.

Demay habite au troisième étage. Antonio aperçoit la fenêtre de la chambre, où les volets de métal ont été tirés, aucune lumière ne filtre de l'appartement. Il dort, sans doute, abruti de vinasse et de mauvaises clopes. Pour avoir traîné tant de fois sur ce parking, Rodriguez a tout appris de sa vie, une vie vite résumée : le chômage qui le cloue toute la journée chez lui, le café où il ne peut plus aller se soûler. On n'aime pas les tueurs d'enfants et on lui a clairement fait comprendre qu'on ne voulait pas le voir. Il passe donc ses journées enfermé dans son trois-pièces, à picoler et à se plaindre de son sort. Ses voisins ne lui parlent plus et se demandent comment sa concubine, une rousse d'une quarantaine d'années, encombrée de quatre gosses dont les deux plus petits ont été placés dans des familles d'accueil, arrive à vivre avec un salopard pareil. C'est elle qui rapporte les bouteilles de bière et de vin, et les voisins, qui ont compris pourquoi ces deux poivrots restent ensemble, guettent une dispute violente pour prévenir les flics et se débarrasser de ce fumier. Un lâche qui n'a pas eu le courage de s'arrêter après avoir renversé le gamin. Mais ils n'entendent que les bouteilles vides jetées une à une dans le vide-ordures, jusque tard dans la nuit.

Demay a été libéré au bout de deux mois de préventive. Il a beau clamer à présent qu'il n'a rien fait, que ce n'est pas lui l'assassin du petit Rodriguez, personne ne le croit. Son refus de reconnaître la vérité l'a rendu encore plus méprisable, haïssable. Il survit dans son appartement misérable depuis plusieurs semaines. Cinquante-sept jours exactement, qu'Antonio a comptés un à un, comme une souffrance, presque heure après heure, dans l'attente de sa délivrance.

Quand ils ont appris sa libération, Sylvia et Antonio n'ont pas compris. Il a fallu que leur avocat, puis le commandant Peyrot leur expliquent que l'accusation tenait toujours et qu'il serait condamné. Pourtant, ils se sont sentis humiliés. Puis, soudain, Sylvia a changé d'avis. Cette libération était leur chance, l'assassin de leur fils n'était plus protégé par la prison. Elle n'a pas eu besoin de le répéter, et Antonio a pu lire à chaque instant dans le regard de sa femme le rappel impérieux de sa promesse. Le soir même de sa libération, il est allé chercher le fusil à la cave et l'a nettoyé sous ses yeux. Et là, dans la cuisine, il a vu Sylvia revivre, le bonheur qu'il a lu dans son regard a définitivement scellé sa détermination.

Le froid de la nuit ne l'atteint pas. Il pousse la lourde porte vitrée et commence à monter l'escalier, sans s'apercevoir qu'une feuille de papier gras reste collée à son pied droit. Antonio reconnaît la porte sur laquelle les mots « salaud » et « assassin », inscrits à la peinture rouge, n'ont pas été effacés. Rouge comme le sang, mais Antonio n'y voit que la couleur du vélo de son fils. Il sonne, un coup bref puis un second plus appuyé, le fusil posé sur le côté. Tout est silencieux, jusqu'à cette voix, une voix de femme qui demande :

— Qui c'est ?

Il se sent observé par l'œilleton.

— Qu'est-ce que vous voulez ? répète la voix.

— C'est la police, répond simplement Antonio.

À ces mots, la porte s'entrouvre, et il pénètre dans l'appartement, le fusil à la main. La rousse ne réalise pas sur-le-champ son erreur et dit seulement :

— Il dort.

Ce n'est qu'en apercevant le fusil qu'elle se met à hurler. Antonio entend une voix d'homme crier depuis la pièce du fond :

— Putain, qu'est-ce qui se passe ? C'est quoi ce bordel ?

Cette voix est celle de l'assassin de son fils. Il écarte la femme avec son arme, repousse brutalement un jeune qui tente de s'interposer et se dirige d'un pas assuré vers la pièce du fond, le fusil prêt à tirer et le doigt sur la détente. Il aperçoit Demay, encore allongé dans le lit, qui demande :

— Qu'est-ce que tu veux ?

Antonio Rodriguez referme la porte de la chambre à clef et pointe son arme en direction de celui qui a tué Victor. Il sent alors vibrer contre sa cuisse son téléphone portable. Pourquoi sonne-t-il ? Qui peut bien l'appeler à cet instant ?

Trois semaines plus tôt.

Jean-Pierre Boulard

Durant toutes ces semaines, je n'ai pas cessé de le regarder quand il arrive. Je ne me cache plus, je ne recule pas. Invariablement, il lève la tête, fait un mouvement de la main, et j'ai à peine le temps d'esquisser un sourire qu'il se dirige vers l'atelier sans m'accorder plus d'attention. Ces regards échangés, son geste et mon sourire sont devenus une sorte de rituel entre nous.

Mais, ce matin, il ne prête pas attention à ma présence. Il avance, les bras ballants, les yeux baissés. Je l'observe jusqu'au dernier moment, espérant qu'il se tournera enfin dans ma direction. En vain. Son indifférence m'intrigue. Pire, elle finit par m'inquiéter.

Le comportement inhabituel de Rodriguez me prend la tête, je ne pense qu'à ça. Il se passe quelque chose. J'essaie d'y échapper en téléphonant à Soussin, notre chef des ventes à Angoulême. Ses prévisions pour le premier semestre sont mauvaises, et il s'abrite derrière la crise pour les expliquer. Comme je l'ai appris dans les séminaires de management, il ne faut jamais se laisser déborder par ses subordonnés, et surtout ne pas s'énerver. C'est donc d'une voix calme que je lui dis :

— La crise, non. On ne peut pas tout expliquer par la crise, Soussin. Ce serait trop facile. Votre secteur est le seul à souffrir de la crise. Les résultats sont bons partout, sauf chez vous.

Il réplique qu'il s'accroche, qu'il fait son « max ». C'est un minable, ce type. Je sens au ton de sa voix qu'il commence à prendre la mesure de mon appel. À plus de cinquante berges, ce sera un aller simple pour l'ANPE ! Parce qu'il me l'a bêtement confié à l'occasion d'une réunion de la force de vente, je sais que sa salope de femme lui pompe toutes ses primes pour la pension alimentaire. Sans parler des remboursements des emprunts qu'il supporte seul. Alors j'ajoute, cassant, histoire qu'il pige bien que je ne parle pas en l'air :

— Ce serait vraiment dommage que la crise, comme vous dites, nous oblige à fermer l'agence d'Angoulême, Soussin. M. Delmas est très attentif à ce qui se passe dans votre coin.

J'ajoute, sur le ton de la confidence, que c'est le patron qui m'a demandé de l'appeler ce matin.

— Il est inquiet, très inquiet. Et vous savez que quand M. Delmas est dans cet état d'esprit, ça ne présage rien de bon. Aussi, je préfère vous prévenir avant qu'il ne soit trop tard. Ce n'est jamais de gaieté de cœur qu'on ferme une agence. Vous le savez bien, vous qui êtes dans la boîte depuis si longtemps. Depuis combien de temps déjà ? dis-je, toujours amical mais faisant durer son calvaire.

— Vingt-deux ans et des poussières, Jean-Pierre. Pardon, monsieur Boulard.

— Ça fait un sacré bail !

— J'ai été engagé par le père de M. Delmas !

Il se reprend et tente encore de m'expliquer que l'un de ses principaux clients a « réduit la voilure et qu'il lui faut du temps pour retomber sur ses pattes ». Il attend mes encouragements, que je dise que c'est seulement un mauvais moment à passer, que la boîte compte encore beaucoup sur lui. Mais je lui assène un dernier coup :

— Malheureusement, M. Delmas et moi-même ne pouvons pas nous satisfaire de vos explications. La crise aura toujours bon dos. Vous avez besoin de temps, alors M. Delmas et moi vous donnons trois mois pour atteindre vos objectifs. Sinon, nous serons obligés de prendre les décisions qui s'imposent. Vous comprenez ce que cela veut dire, Soussin ?

Puis je raccroche. Il fallait bien que je passe mes nerfs sur quelqu'un. Soussin va sûrement chier dans son froc maintenant. Je trouverai un moment dans la journée pour parler au patron des mauvais résultats d'Angoulême et du savon que j'ai passé à Soussin. M. Delmas, j'ai plaisir à le penser, me fait entièrement confiance dans la gestion des équipes, même s'il me conseille parfois d'y aller moins fort. Mais, que voulez-vous, c'est dans ma nature, et que penserait M. Delmas si je laissais filer ? J'ai toujours estimé qu'un patron doit se faire respecter, quitte à ne pas avoir que des amis dans la boîte. À mon poste, celui de l'homme de confiance du boss, on n'est pas là pour faire copain-copain avec le personnel. Ces gens-là ne comprennent qu'une langue, celle de l'autorité.

C'est si agréable de se sentir un *winner* (j'aime bien ce mot), et au moins, pendant ces quelques minutes, j'ai oublié Rodriguez et son indifférence inquiétante.

Christine m'a appelé à trois reprises aujourd'hui, à croire qu'elle me suit à la trace. La première fois, c'était vers 14 heures. Je finissais de déjeuner avec Noémie qui, exceptionnellement, n'avait pas été retenue par le boss... J'ai préféré lui dire que je déjeunais seul. Elle m'a demandé ce qu'il y avait au menu et si je n'avais pas vu sa broche de diamants. La deuxième fois, vers 16 heures, pour m'informer qu'elle l'avait retrouvée. Et enfin, la troisième, un peu avant 18 heures, pour me dire que Demay avait été libéré la veille au soir.

— Demay, tu sais, celui qui est accusé d'avoir renversé le petit Rodriguez.

C'est tout juste si elle n'a pas ajouté : « Demay, tu sais, celui qui paie à ta place. » Elle ne réussira pas à me déstabiliser, et je me contente de lui répondre d'une voix assurée :

— Je sais. On ne parle que de ça ici.

Je lui ai bien cloué le bec. Elle pensait me surprendre. C'est raté ! Je reste de marbre, comme un simple témoin de ce « terrible » drame. Mais elle n'abandonne pas aussi facilement, la vieille carne. Elle me reproche alors de ne pas l'avoir appelée pour l'informer et elle glisse d'un air de ne pas y toucher :

— Tu sais à quel point cette affaire m'intéresse.

Ça, c'est un message qui m'est personnellement destiné. Sous ses airs de sainte-nitouche, c'est une sacrée maligne, ma femme. Je ne relève pas, et maintenant je sais esquiver, chaque fois qu'elle vient, par la bande, évoquer cette putain d'affaire.

Depuis cette nuit où elle a prétendu savoir que c'était moi qui avais provoqué l'accident, elle n'en a plus jamais parlé. Nous faisons comme s'il ne s'était rien passé et, de mon côté, je fais en sorte de traiter cela comme un épisode sans importance, une parenthèse nocturne. J'avais juré sur mes gosses, puisqu'elle l'avait exigé, et il n'était pas question qu'on reparle de ses soupçons « ridicules ». Mais cette femme est perfide, bien plus que je ne l'aurais jamais imaginé. Elle y revient régulièrement par de petites allusions. Elle laisse traîner le journal à la page où il est écrit que « le tueur présumé du petit Victor Rodriguez est revenu sur ses aveux ». Elle me demande plusieurs fois par semaine des nouvelles du « papa de ce pauvre petit assassiné », car elle suit l'affaire de très près. Et sa dernière marotte est : « Il faudrait peut-être changer de voiture. »

Bref, elle me cherche, mais elle ne me trouvera pas. Je ne suis quand même pas assez idiot. Alors j'évite, je change rapidement de sujet, je fais l'indifférent, celui qui suit tout ça de loin. Elle passe à autre chose, mais je sais que c'est pour y revenir plus tard, encore et encore. Je n'aime pas beaucoup cette expression « jouer au chat et à la souris », mais c'est pourtant ce que nous faisons tous les deux, sans avoir, ne serait-ce qu'une seule fois, évoqué ce qu'elle a osé me dire cette nuit-là, avec son insupportable voix geignarde. Pleurnicharde en plus de ça ! Ensuite, j'ai eu beau tenter de me raisonner, j'ai été incapable de trouver le sommeil. Quand elle m'a demandé si j'avais bien dormi, j'ai répondu « comme un bébé », je n'allais quand même pas lui avouer que ses paroles m'avaient bouleversé. Mais il y a cette interrogation dont je n'arrive plus à me défaire : comment a-t-elle pu savoir et, maintenant, que va-t-elle faire ? Pour l'heure, je ne vois qu'une solution : laisser faire le temps. Quand Rodriguez éliminera Demay, je serai à l'abri de tous.

« Chacun a sa part de malheur », lui ai-je balancé un jour où elle s'apitoyait sur le sort de la petite sœur du gamin. J'ai ajouté, histoire de la remettre à sa place : « Dans la vie, il faut parfois penser d'abord à soi. » Ce jour-là je l'ai bien mouchée et elle m'a foutu la paix avec cette histoire pendant une bonne semaine !

Je me prépare à ses attaques sournoises et, avec le temps, j'ai appris à répondre à tout. Au fil des semaines j'ai bien progressé : je maîtrise beaucoup mieux mes émotions. Si elle croit qu'elle va me surprendre ou m'impressionner en me balançant la libération de Demay, c'est mal me connaître, car désormais il en faudrait davantage pour me coincer. Aussi, je réponds sur le même ton, à la fois ferme et dégagé, qui l'agace tant, un ton qui veut dire : « Bien sûr, je suis intéressé par l'affaire (qui ne le serait pas, elle concerne un gars de la boîte), mais je ne me sens pas vraiment concerné. »

— Tout le monde dans la boîte est révolté. Loizeau, un gars des services généraux, fait passer une pétition.

— Une pétition pour quoi ?

— Pour que le mec qui a tué le petit de Rodriguez soit renvoyé en taule. Tu avoueras avec moi que ce n'est pas normal qu'on ait relâché ce fumier.

— Ça, je suis d'accord. Le tueur du gamin doit être en prison. Et tu as signé ?

— Tout le monde a signé !

— Et qu'est-ce qu'il dit, Rodriguez ?

— Tu sais, Rodriguez, c'est pas un mec qui parle beaucoup, maintenant. D'après ce que j'ai appris, il a seulement informé les gars et il a repris le boulot. Je crois quand même qu'il a remercié Loizeau pour avoir lancé la pétition. Mlle Irène m'a dit qu'il avait ajouté que ça ne servirait probablement à rien et qu'il fallait attendre le procès.

— Moi, je ne pourrais pas supporter de voir l'assassin de mon fils en liberté.

Avant même qu'elle ajoute « et toi ? », comme elle le fait à chaque fois, je réponds aussitôt :

— Il y a des gars qui disent que, à sa place, ils n'attendraient pas le procès et qu'ils iraient le flinguer.

— Et qu'est-ce qu'il a répondu, Rodriguez ?

— Pas grand-chose. Qu'il fallait attendre, ou plutôt une connerie du genre : « J'ai confiance dans la justice. »

Ce n'est pas à elle que je vais raconter ce que Rodriguez m'a confié, le soir où je l'ai raccompagné chez lui, cette confidence qui m'a tant effrayé : il avait promis à sa femme qu'il tuerait l'assassin de leur fils. Dieu sait ce que Christine en ferait si elle l'apprenait.

Avant de raccrocher, Christine me recommande de ne pas traîner ce soir et, enfin, d'être très prudent sur la route. Je réponds imperturbable : « Comme toujours, ma chérie… comme toujours. » Puis j'appelle Angoulême. Comme ce con de Soussin est injoignable, je laisse un message sur son portable : « Frédéric, je viens de parler de la situation dans votre secteur avec le patron. Ce ne sont pas trois mois qu'il vous donne pour rétablir la situation, mais deux. Je suis vraiment désolé, mais

M. Delmas est à cran en ce moment avec la crise qui s'annonce. » Et je conclus d'un amical : « Bonne soirée, Soussin. »

Je repense à Christine. Combien de temps encore pourrai-je la supporter ? S'il n'y avait pas mes gosses, je m'en débarrasserais sur-le-champ. Il faudra que j'y songe sérieusement quand l'affaire sera tassée.

La Volvo break blanche de Rodriguez apparaît dans la lueur de mes phares et je me gare derrière lui, sur le côté. J'aperçois sa longue silhouette tournée en direction du champ, plongé dans la brume du soir, où son fils a été découvert. C'était il y a presque un an. Il m'attend, se retourne et se dirige vers moi avec une détermination que je trouve étrange et qui m'inquiète. J'essaie de lire l'expression de son regard, mais je ne parviens pas à deviner ses intentions. Je frissonne à l'idée qu'il ait découvert la vérité et qu'il m'abatte maintenant, à l'endroit où son fils est mort. Une pensée m'obsède en le regardant approcher : il ne faut pas que je transpire.

Ce matin, comme tous les jours, je l'ai suivi des yeux depuis la fenêtre du bureau alors qu'il arrivait. D'ordinaire, nous échangeons un petit signe, parfois un rapide sourire, mais aujourd'hui il m'a seulement fixé du regard, il n'a pas répondu à mon geste. J'ai ressenti un malaise, tant son attitude m'a paru étrange. Aussi, tandis qu'il s'approche de la voiture d'un pas déterminé, je me demande si la libération et les revirements de ce minable de Demay ne lui auraient pas ouvert les yeux. Par précaution, je garde le moteur allumé, mais je réalise que je me suis garé trop près pour m'enfuir si, par malheur, je le vois sortir une arme. J'enclenche la marche arrière, prêt à m'échapper. Je n'ai en tête que la promesse qu'il a faite à sa femme, et je sens déjà la sueur perler sur mon front.

Rodriguez ouvre la porte et s'installe à côté de moi. Il est trop tard pour que je tente quoi que ce soit. Je nierai, je le supplierai s'il le faut, mais je ne crèverai pas ici, pas ce soir. Il dit simplement :

— Merci de vous être arrêté, monsieur Boulard.

Pourvu qu'il ne voie pas sur mon front la transpiration que je n'ai pas eu le temps d'essuyer. En moi-même, je répète : « Maîtrise-toi. Surtout, ne montre rien. » Mais comment résister à une angoisse qui monte ?

Rodriguez m'a appelé peu après Christine. Il souhaitait me parler et je lui ai proposé de passer à mon bureau, mais il a refusé :

— Je préfère qu'on se voie là où nous nous sommes parlé la dernière fois. À l'endroit où mon fils a été tué.

— Je ne me souviens plus très bien, ai-je encore tenté pour l'inciter à monter.

Il a pris le temps de m'expliquer le lieu de notre rendez-vous. J'ai essayé de lui dire que j'avais encore pas mal de travail mais il a insisté :

— Venez, s'il vous plaît.

J'éteins le moteur. Il s'excuse presque :

— J'avais besoin de parler. J'ai le sentiment que vous êtes le seul à qui je peux me confier.

Je ne sais pas comment réagir et, heureusement, il poursuit aussitôt :

— Vous saviez que Demay, l'assassin de mon fils, a été libéré hier ?

— Bien sûr. J'ai même signé la pétition de Loizeau pour qu'il retourne en taule.

— De vous à moi, c'est bien gentil, mais je m'en fous pas mal de cette pétition. Ce n'est pas pour ça que j'ai voulu vous voir.

La peur s'empare de nouveau de moi. Il va s'apercevoir que je transpire de plus en plus mais je n'ose pas essuyer mon front, car il le verrait aussitôt. Il continue de parler, comme pour lui seul :

— Vous vous souvenez, monsieur Boulard, de ce que je vous ai dit ce soir-là ?

— Oui.

— Que j'ai promis à ma femme que j'allais tuer l'assassin de mon fils ?

— Oui, je m'en souviens très bien.

— Et vous savez pourquoi je vous l'ai dit ce soir-là ?

La peur encore et les gouttes de sueur m'empêchent de dire autre chose que « non ».

— Parce que je croyais que c'était vous, l'assassin. Je voulais vous faire peur, et ensuite je vous aurais tué.

Il s'interrompt un instant, baisse les yeux et murmure dans un souffle :

— Pardon, monsieur Boulard, pardon.

— Moi, l'assassin de votre petit ! dis-je, indigné.

— Je m'excuse. Pardonnez-moi, s'il vous plaît.

Je lui donne une tape sur la cuisse.

— Bien sûr, je vous pardonne. Vous étiez à bout et il vous fallait à tout prix un coupable. Mais c'est oublié maintenant. Ce n'est pas grave, croyez-moi. Le principal, c'est que le vrai coupable a été arrêté.

Je profite de ses pleurs pour m'éponger discrètement le front. Surtout qu'il ne devine pas mon angoisse, pas maintenant. Putain ! Elle n'est pas croyable son histoire : si Demay n'avait pas été arrêté, il m'aurait zigouillé, ce con. Je brûle de l'envie de lui demander pourquoi il a pensé que j'étais l'assassin de son fils, mais je ne commets pas cette erreur. Au contraire, je profite de mon avantage pour lui demander :

— Qu'allez-vous faire maintenant que Demay est libre ?

— Je ne sais plus vraiment. Qu'est-ce que vous feriez, vous, monsieur Boulard ?

— Je ne peux pas répondre à votre place. Mais je sais ce que je ferais.

Il me regarde pour la première fois depuis qu'il est monté dans ma voiture. Il supplie presque.

— Vous feriez quoi, s'il vous plaît ?

— Vous tenez vraiment à le savoir ?

— S'il vous plaît.

— Eh bien, je respecterais la promesse faite à ma femme. Pas seulement parce que j'aurais juré de nous venger, mais parce que je ne supporterais pas de savoir que l'assassin de mon fils est en liberté, qu'il picole, bouffe, se balade et baise pendant que je pleure. Oui, Rodriguez, si vous voulez vraiment savoir ce que je ferais, je vous dis que je tuerais ce fumier, et sans le moindre regret. Tout simplement parce qu'il le mérite.

Il me prend dans ses bras et s'effondre en sanglots. Je reconnais aussitôt l'odeur de l'atelier qui imbibe ses vêtements.

— Merci, monsieur Boulard. Sûr, je vais liquider ce fumier.

— Il a tué votre gamin, Antonio, vous ne pouvez pas pardonner cela, il doit crever.

En le regardant monter dans sa mauvaise voiture (sa caisse doit bien avoir une dizaine d'années mais elle est encore en bon état, il est vrai que les Portugais sont des bricoleurs-nés et qu'ils entretiennent leurs bagnoles mieux que leurs femmes !), je ne peux m'empêcher de penser : « Quel pauvre type, ce Rodriguez, il fonce vers les emmerdes avec ses promesses à la con. Avec un peu de chance, il va passer à l'acte dès ce soir. » Je vois d'ici la tronche de Christine quand elle apprendra que Demay a été liquidé !

Je jette un œil sur l'horloge du tableau de bord : je serai rentré à l'heure et je ne donnerai pas à Christine l'occasion de me tirer la gueule. Je vais manger chaud, madame Boulard ! Je mets la radio sur Nostalgie et je chante à tue-tête des tubes de C. Jérôme. Ce type nous a vraiment quittés trop tôt !

Finalement, tout bien pesé, j'ai bien fait de m'arrêter ce soir. J'en ai été quitte avec un bon coup de chaud, mais, franchement, ça en valait la peine, et j'ai assez bien maîtrisé… Même s'il faut que je parvienne à mieux contrôler mon émotivité.

Depuis ce soir-là, je suis devenu le seul ami de Rodriguez, son confident, celui auquel il peut tout dire. Je lui ai proposé qu'on se tutoie. Moi, j'y arrive sans peine, mais lui, il a toujours du mal.

Antonio

Sylvia accompagne Priscilla se coucher. Ma petite fille est gaie et réclame une histoire, j'aime l'entendre supplier sa maman qui finit toujours par céder. Assis dans le salon, j'écoute la douce voix de Sylvia pendant un moment, puis je descends à la cave. Je ne le trouve pas tout de suite et je me demande si Sylvia n'est pas venue le récupérer avant moi, quand, soulagé, j'aperçois enfin l'étui du fusil, couvert de poussière, posé sur l'armoire de métal gris. Je l'attrape et je remonte.

— Où étais-tu passé ? demande Sylvia que je n'ai pas entendue approcher.

Je réponds : « À la cave », et je continue à astiquer le canon du fusil avec du Miror, sur la table de la cuisine. J'ai étendu un vieux journal pour ne pas salir. J'ajoute, en levant les yeux vers elle :

— Il faut que je le nettoie, il y a si longtemps que je ne m'en suis pas servi.

Elle se sert une tisane, s'assied en face de moi et m'observe sans prononcer un mot.

Incapables d'en parler devant Priscilla qui ne nous avait pas lâchés de la soirée, nous n'avons pas encore pu évoquer la libération de Demay. À quoi bon le faire maintenant ? Nettoyer le fusil devant elle devrait suffire à nous comprendre. Pourtant, après de longues minutes de silence, elle demande d'une voix presque tremblante :

— Tu es sûr d'y arriver ?

— Ce fumier est libre maintenant. Il n'en profitera pas longtemps, crois-moi. Ils vont regretter de l'avoir laissé sortir.

Je m'attaque au canon de l'arme avec une petite brosse, des copeaux de rouille en sortent et tombent sur le carrelage. J'interviens avant qu'elle n'attrape le balai :

— Je nettoierai.

Elle se rassied, alors que je préférerais qu'elle me laisse seul, et se contente de me regarder en train de démonter le fusil.

— Il fonctionne toujours ? demande-t-elle.

— Oui.

Qu'avons-nous à nous dire de plus ? Mais elle poursuit :

— Il nie maintenant.

Je refuse de penser que le doute puisse s'insinuer en elle, surtout pas maintenant, alors que je suis prêt. Heureusement, elle se reprend :

— Cette ordure n'a même pas le courage de ses actes.

Je repense à ce que m'a dit M. Boulard tout à l'heure, qu'à ma place, il tuerait ce fumier. Alors je me tourne vers elle, presque fâché :

— Sylvia, ce Demay a assassiné notre fils. Si ça se trouve, il va réussir à attendrir le tribunal et il s'en tirera avec des broutilles. Moi, je ne veux pas de ça. Je veux qu'il crève. Il n'a pas le droit de continuer à vivre après ce qu'il nous a fait.

Je m'interromps un instant, puis je saisis ses mains et répète :

— Je veux qu'il crève.

Il faut qu'elle sente que rien ne me fera changer d'avis, surtout pas ce doute que je sens s'insinuer en elle, et encore moins l'idée d'être jugé à mon tour. Faut-il que je lui rappelle la promesse qu'elle m'a arrachée ? que je lui parle de ces mois passés à supporter son impatience ? que je lui répète que je me fous pas mal d'aller en prison car je sais que la vengeance, seule, nous sauvera ? que je lui interdise désormais d'exprimer la moindre hésitation puisque ma décision est prise ? Je lui dis tout cela d'une traite, sans lui laisser le temps d'intervenir.

J'ai peur qu'elle s'effondre en pleurs, mais ma détermination l'emporte, et dans ses yeux secs, il n'y a que de la haine :

— Merci, mon amour. Merci pour ce que tu vas faire. Tu as raison, ce salaud ne mérite pas de vivre. Je serai toujours à tes côtés, Antonio, quoi qu'il arrive maintenant. Je t'aime.

Après quelques instants de silence, elle finit par dire :

— Je vais me coucher.

Je tends la bouche, mais elle se contente de m'embrasser sur le front. J'aurais tant aimé sentir ses lèvres. Je murmure :

— Je t'aime aussi, mon amour.

Je l'entends s'éloigner vers la salle de bains où elle va prendre ses pilules, tandis que me reviennent les mots de M. Boulard, comme un encouragement. Je ne peux m'empêcher de penser que, moi aussi, j'aurais peut-être été pris par le doute si je ne lui avais pas parlé ce soir.

Je remonte mon arme avec application. Demain, j'irai acheter des cartouches, celles qui servent à chasser le sanglier. Je joue avec la détente en tirant à vide, pressé d'avoir devant moi l'homme qui a tué mon fils. Je veux en finir avec cette ordure qui s'est enfuie après l'avoir blessé et qui l'a abandonné encore vivant dans le fossé.

J'attends au salon que Sylvia se soit endormie, avant de m'étendre à côté d'elle. Ce soir encore, je prends l'une de ses pilules, je ne peux plus m'en passer ; sans ces cachets, je sais que je ne pourrais pas m'endormir. Peut-être même que, grâce à eux, je vais enfin partager les cauchemars qui hantent les nuits de la femme que j'ai toujours aimée.

M. Boulard est à la fenêtre de son bureau. Depuis le jour où je suis revenu travailler, je l'ai toujours aperçu là, à m'attendre. D'habitude, nous nous contentons d'un regard rapidement échangé, mais ce matin j'ajoute un geste discret de la main. Un soleil pâle frappe les vitres et je le distingue à peine, mais il me semble bien qu'il sourit. En effet, il sourit quand il ouvre la fenêtre et me fait signe, la main droite contre la joue, qu'il faut que je l'appelle. Sa bouche articule à deux reprises : « C'est important. »

Désormais, je suis le seul cariste de la boîte, car l'activité a pas mal baissé depuis le début de l'année. Frémion a été licencié la semaine passée, il était pourtant plus ancien que moi avec ses dix-sept ans de maison. Il était très amer et remonté quand il a dit aux gars : « C'est la mort de son fils qui a sauvé sa place à Rodriguez. Delmas ne pouvait pas le virer après ce qui lui est arrivé, alors c'est moi qui trinque. » Je n'ai pas réagi parce que je savais qu'il avait raison. Il a voulu plaisanter : « La prochaine fois, je mettrai mon gamin sous une bagnole. » J'ai bien vu que certains ont approuvé quand Berthon a dit que « le Portos n'était pas le seul à avoir des emmerdes dans la vie », mais la plupart des gars ont trouvé sa sortie déplacée.

— C'est un con, ce Berthon, m'a dit le contremaître, il a peur d'être le prochain sur la liste. Et, de toi à moi, c'est pas impossible.

Avec Frémion, cinq autres ont été licenciés ce jour-là. M. Boulard s'en est occupé et il m'a ensuite confié que « ce n'était pas le meilleur jour de sa vie mais que l'avenir de la boîte était en jeu ». Il m'a alors demandé ce que je pensais de Berthon et j'ai répondu qu'il bossait bien, « même si parfois il faisait sa tête de con ». Cela n'a pas empêché M. Boulard de le licencier la semaine passée.

La matinée a été chargée et je n'ai pas eu le temps d'appeler M. Boulard. Il m'a convoqué vers midi, juste avant la pause, et le contremaître est venu me prévenir : « Boulard veut que tu montes le voir. »

À l'étage, je croise Irène, l'assistante de M. Delmas. Chaque fois que je la vois, elle me demande si « ça va ». Elle me dit :

— J'ai appris que le chauffard a été libéré. Si c'est pas malheureux, une justice pareille… Ce type mériterait de moisir en prison et ils le mettent dehors ! Mais dans quel pays vivons-nous ?

Elle attend que je réagisse, alors je réponds :

— Nous avons été mis devant le fait accompli. Vous pensez bien qu'on ne nous a pas demandé notre avis. Ils font ce qu'ils veulent.

— Si c'est pas malheureux ! Tiens bon, mon Tonio, on est tous avec toi, répète-t-elle en m'embrassant.

— C'est bien vrai, on est tous avec toi.

La voix est venue du fond du couloir. Je n'ai pas vu approcher M. Boulard qui me prend par le bras et m'entraîne en direction de son bureau.

— Je vous l'enlève, mademoiselle Irène.

C'est la première fois que je pénètre dans cette pièce.

— Assieds-toi, me dit-il en désignant l'une des trois chaises recouvertes de tissu rouge, disposées autour de son bureau ovale en bois clair.

Comme je m'y attendais, tout est parfaitement rangé, avec une petite pile de dossiers à droite, un ordinateur à gauche et, au centre, deux pots de stylos, à l'effigie des Établissements Gaboriaud SA. M. Boulard a la réputation d'être un homme très ordonné et ça m'amuse de constater que son bureau est à son image, sérieux. Je sais qu'il n'est pas très aimé par les gars (« C'est pas un marrant », disait Frémion), mais ils reconnaissent qu'il est efficace dans le boulot (« même s'il suce un peu trop la bite du boss », ajoutait toujours Frémion). Il s'installe dans un gros fauteuil de cuir noir. Je m'assieds à mon tour.

— Tu veux un café, Antonio ?

— Non merci, monsieur Boulard.

Il appuie sur l'interphone et je l'entends dire :

— Jocelyne, apportez-nous deux cafés, s'il vous plaît.

Il a compris que je n'ai pas osé accepter sa proposition, car je n'ai pas l'habitude de me retrouver dans le bureau d'un patron. Je ne m'y sens pas à l'aise, pas à ma place. Autant je peux être grande gueule avec les gars et leur claquer le beignet quand il faut, autant avec un patron je ne sais pas trop quoi dire. Il demande :

— Tu n'as pas vu que je t'ai fait signe de m'appeler ?

— Si, monsieur Boulard, mais ce matin je n'ai pas eu une minute à moi. C'est que je suis seul aux transpalettes, maintenant.

— On ne va pas se plaindre qu'on ait du boulot, Antonio !

— Ce n'est pas ce que je voulais dire. Je préfère bosser à bloc, vous pouvez me croire, dis-je, me sentant un peu pris en faute.

Jocelyne n'a pas été longue à nous apporter les cafés, et je vois, à son attitude, qu'elle est surprise de me trouver là, comme une présence incongrue dans ma salopette bleue, frappée du sigle « Gaboriaud SA ».

— Vous tirerez la porte derrière vous, Jocelyne. Merci. Prends du sucre, Antonio.

— Merci.

D'habitude, j'en prends deux, mais là un seul suffira. J'attends qu'il commence à boire avant d'avaler mon café d'une traite. En reposant la tasse, la cuillère s'échappe et tombe sur la moquette grise, laissant une petite tache brune. Il la voit, mais ne dit rien.

— J'ai beaucoup pensé à notre conversation d'hier soir, commence-t-il.

Va-t-il maintenant me reprocher de l'avoir soupçonné ? Je ne voudrais pas devoir m'excuser encore. Je réalise à quel point j'ai été stupide. Comment ai-je été assez idiot pour imaginer que, lui, le seul homme auquel je peux me confier, était l'assassin de mon fils ! Quand je pense que j'avais décidé de le tuer, j'en ai encore des frissons, et j'éprouve de la honte, tellement notre complicité est forte désormais. Mais il semble l'avoir oublié, car il poursuit :

— J'ai travaillé pour toi, Antonio.

Surpris, je demande :

— Travaillé pour moi ?

— Oui.

Et il sort un papier qu'il lit à haute voix :

— C'est l'adresse du fumier. Cité « Les Alouettes », appartement 18, bâtiment C, à Plaisir. C'est là qu'il est planqué, chez sa poule.

— Les flics et mon avocat n'ont jamais voulu me donner sa nouvelle adresse. Comment avez-vous fait ?

— À toi d'agir, maintenant, se contente-t-il de dire, et il reprend le papier, se lève pour s'asseoir sur un coin du bureau, face à moi. Antonio, je tiens à t'aider. Ce que tu m'as dit hier soir m'a bouleversé. À ta place, j'aimerais pouvoir compter sur un ami. Et tu peux compter sur moi.

— Merci, je ne l'oublierai pas, monsieur Boulard, dis-je dans un murmure.

— Tu te souviens de l'adresse ?

— Plaisir, cité « Les Alouettes », appartement 18, bâtiment…

— C. Bâtiment C.

— Je ne t'ai rien dit, compris ? ajoute-t-il en jetant le papier dans la poubelle.

— Bien sûr, monsieur Boulard. Vous pouvez me faire confiance.

Il pose sa main sur mon épaule.

— Sois prudent maintenant. Étudie ses habitudes, prends le temps qu'il faut, mais ne le rate pas.

— Vous pouvez compter sur moi. Je l'aurai, ce fumier.

Le téléphone sonne et interrompt notre conversation. Je l'entends dire : « Passez-la-moi. » De la main, il me fait signe qu'il n'en a que pour quelques instants. Il s'agace, lève les yeux au ciel, répond par des « oui » brefs, un « n'importe quoi » et « avec Delmas » aux longues questions de son interlocutrice dont, de mon siège, je perçois la voix insistante. Il repose le combiné en hochant la tête, comme pour lui seul. Je me retiens de lui demander si c'est sa femme qui le houspille à ce point. Il reprend :

— Tu as une arme ?

— Un fusil de chasse. Je dois encore acheter des cartouches. J'ai pensé à des balles pour la chasse au sanglier.

Il tape amicalement sur mon épaule à trois reprises.

— Des balles pour le sanglier, il n'y a pas mieux pour le zigouiller, cette ordure. Sois bon, Antonio ! me dit-il avec un sourire.

— Vous pouvez être sûr que je serai à la hauteur.

— Et n'oublie jamais qu'il a tué ton gamin, ni la promesse que tu as faite à ton épouse. Comment s'appelle-t-elle, déjà ?

— Sylvia.

— Sylvia, c'est portugais comme prénom ?

— Oui, monsieur, nous sommes tous les deux originaires de la même région.

— Ça alors… Et vous êtes mariés depuis longtemps ?

— Douze ans, monsieur Boulard.

— Et tu l'aimes toujours, ta Sylvia ? C'est beau, l'amour !

Je me lève et lui serre la main. Je ne prononce pas un mot, mais cette poignée de main vaut tous les mercis.

En m'éloignant, je l'entends dire :

— Ferme la porte derrière toi.

Puis par l'interphone :

— Jocelyne, vous pouvez m'apporter un peu d'eau et du savon ? Rodriguez a renversé du café sur la moquette.

J'ai trouvé sans difficulté la cité des Alouettes, de longs bâtiments gris de cinq étages. Les enfants jouent entre les voitures et ne s'intéressent pas à moi. Je monte jusqu'au troisième, où les noms de Demay et Lartigue sont épinglés à côté de la sonnette. En descendant, je croise une grosse femme rousse, portant dans son panier trois bouteilles de vin rouge. Elle me dépasse sans me prêter attention. Je m'arrête entre le premier et le deuxième étage pour écouter, et j'entends le bruit d'un trousseau de clefs, puis une voix d'homme qui gueule : « C'est maintenant que tu rentres ? » La femme répond : « Je t'emmerde », et la porte claque.

Avec la nuit, les gamins qui jouaient au football ont disparu. Je déplace la voiture pour me garer en face de leurs fenêtres sans rideaux et je baisse la vitre. Ils sont attablés dans la cuisine, en train de vider une première bouteille de vin. Je les vois s'engueuler, ils se font face et se hurlent dessus. Ils crient si fort que je peux entendre leur querelle d'ivrognes. Un jeune, d'une quinzaine d'années, pénètre dans la pièce et les sépare. La femme se rassied tandis que Demay s'éloigne en titubant. Je vois le gamin lui faire dans le dos un doigt d'honneur et la femme applaudir. Son fils tente de ranger la bouteille dans le frigo mais, dès qu'il est sorti, elle se lève, allume la télé et termine la bouteille au goulot avant de la jeter dans le vide-ordures. Enfin Demay apparaît dans le faible halo de lumière jaunâtre qui éclaire l'entrée C. Il hésite à prendre à droite ou à gauche, puis se décide enfin. Il est aussi pitoyable que le jour où je l'ai vu à la gendarmerie, il porte le même jogging vert sous une parka grise. La femme rousse apparaît à la fenêtre et crie :

— Tu vas où ?

Il ne répond pas et s'éloigne sans se retourner.

— T'auras rien à bouffer, connard ! hurle-t-elle.

Il passe à ma hauteur et murmure pour lui-même : « Je t'emmerde, connasse. » Il est si près de moi que je peux lire les lettres N et Y sur sa casquette. Je pourrais le tuer maintenant à coups de poing ou l'étrangler de mes mains, mais il est dans un tel état qu'il ne comprendrait pas. Non, je le veux suppliant au bout de mon arme, je veux qu'il sache qu'il va crever, et pourquoi. Alors je me contente de le suivre à distance dans les rues mal éclairées.

Il hésite à entrer dans le premier café et regarde à l'intérieur. Le patron l'a aperçu et lui fait signe qu'il ne veut pas de lui. Il crache au sol et poursuit sa route, marchant ainsi pendant plus d'un kilomètre, jusqu'à un pauvre rade, Le Méchoui, où des Arabes jouent aux dés en buvant du pastis. Je l'observe avaler d'un trait un premier pastis et en commander un second. Il essaie de s'intéresser à la partie de dés mais les joueurs ne lui répondent pas. Alors il retourne au comptoir, vide son verre et réclame un troisième pastis. Le patron lui demande sans doute de payer d'abord, car il pose un billet de dix euros avant d'être servi.

Je l'abandonne là et je retourne d'un pas vif jusqu'à ma voiture, certain que je reviendrai bientôt pour nous venger, face à face. Comme me l'a dit M. Boulard, cette ordure ne mérite pas de vivre.

Avec lui, je me sens en confiance, et nous nous retrouvons régulièrement. Souvent dans son bureau, parfois, le soir, à l'endroit où Victor a été assassiné par « cette ordure de Demay », comme l'appelle M. Boulard. Nous discutons longuement et il a la gentillesse de m'écouter. Je lui raconte tout. Il me donne du courage, des conseils : « Pour l'instant, ne dis rien à ta femme, ce sera son cadeau. » Il m'explique comment opérer, mais il comprend que ce n'est pas facile de tuer un homme, même la pire des ordures, et il trouve les mots pour me parler de Victor. Le seul souvenir de mon fils disparu renforce ma détermination.

Dans la soirée, Jean-Pierre m'a appelé, il voulait savoir où j'en étais avec Demay. J'ai répondu que c'était pour ce soir. Il m'a dit que je faisais le bon choix et il m'a souhaité : « Bonne chance, Antonio. »

Jean-Pierre Boulard

Je ne sais pas ce qui m'a pris de tout lui balancer à la tronche ce soir, de lui confier le secret de Rodriguez. Peut-être parce que, pour ne pas changer, Christine m'a tiré la gueule pour quelques minutes de retard. Elle m'a tellement agacé que je n'ai pas pu me retenir. Cela a été plus fort que moi, et il a fallu que je la remette à sa place.

Quand je suis arrivé, exactement à 20 h 02, je l'ai entendue dire :

— Allez, les enfants, commencez la salade de tomates. Votre père va encore être en retard.

Kévin m'a défendu tant bien que mal :

— Il travaille trop, mon papa.

— L'heure, c'est l'heure, les enfants. Votre père ne respecte rien ! Un jour, il finira bien par comprendre. Allez, on mange !

Elle m'avait pourtant entendu arriver, cette garce, mais elle a continué avec les enfants comme si je n'étais pas là. Elle l'a fait exprès, j'en suis sûr. Depuis l'entrée, j'ai crié :

— C'est papa !

J'ai entendu Kévin demander s'il fallait attendre papa avant de commencer, et cette salope de Christine a répondu :

— Non, ça lui apprendra.

J'ai donc pris le temps de me mettre en jogging et, quand je suis entré dans la cuisine, j'ai simplement demandé, sachant que ma question allait la mettre en pétard :

— Vous ne m'avez pas attendu ?

— Non.

Voilà pourquoi, ce soir, j'ai eu envie de la faire chier. Pour ce « non », si lourd de sous-entendus, de reproches et de menaces. Depuis des mois, elle pense me tenir avec son inquisition permanente, ses remarques, ses allusions. J'en ai ma claque. Attends un peu, ma petite, que Rodriguez soit passé à l'acte et tu ne feras pas long feu. Bientôt je te laisserai tomber comme une vulgaire chaussette. En attendant, jamais autant que ce soir je n'ai eu envie de lui montrer qui est le patron. Alors, comme mon tournedos est sans doute un peu tiède, je le remets dans la poêle pour le réchauffer, et tant pis s'il n'est pas saignant comme je l'aime. Puis j'épluche une échalote et je vide le saladier de tomates dans mon assiette. Je sors une bonne bouteille de bordeaux, un château-laguéry 1999 dont j'ai acheté trois caisses à la dernière foire aux vins d'Auchan, en septembre. Le responsable du rayon est un pote de mon ami Pauchon (de chez SP Informatics) et il nous vend chaque année ce qu'il a de mieux au meilleur prix.

Je sais que Christine ne supporte pas que j'ouvre une bonne bouteille de vin en semaine. « T'as ta bière », dit-elle d'ordinaire. Bizarrement, ce soir, elle se tait et je lui demande si elle en veut. D'habitude, elle refuse sous prétexte que « ça l'empêche de dormir », ou parce que « le bon vin, c'est pas pour tous les jours ». Comme s'il y avait des jours pour se faire du bien et d'autres non ! Qu'est-ce qu'elle connaît du plaisir, cette femme ?

Mais, ce soir, elle prend les enfants à témoin :

— Pourquoi pas ? Votre père a sans doute quelque chose à fêter.

Puis, après un silence, elle fanfaronne :

— C'est pas tous les jours fête !

Elle me tend un verre à pied que je remplis presque à ras bord. Les enfants se taisent, ils doivent sentir que la dispute n'est pas loin et se dépêchent de terminer leur assiette.

Je dois leur recommander de bien mastiquer, alors que, d'ordinaire, c'est elle qui le fait. Elle se contente d'attendre, prête à relever le défi, car c'est bien d'un défi qu'il s'agit ce soir. Elle tend de nouveau son verre vide et je ne peux me retenir de la taquiner pour amuser les gosses :

— Elle a soif votre maman, ce soir !

— Ce n'est pas tous les jours qu'on a la chance d'ouvrir une bonne bouteille. J'ai raison d'en profiter, hein les enfants ? réplique-t-elle.

Sentant la dispute monter, ils choisissent de ne pas s'en mêler et se lèvent pour attraper un yaourt. J'interviens encore :

— Doucement sur le sucre, Amandine ! C'est mauvais pour la santé.

Je lui enlève le paquet des mains avec autorité, puis j'épluche consciencieusement une pomme golden. Je sens que ma douce épouse bout. La cocotte-minute est à point ! Elle n'a qu'une hâte, que les gosses disparaissent. Aussi, pour le seul plaisir de la voir s'impatienter, je demande :

— Qu'est-ce que vous avez fait de beau aujourd'hui, les petits ?

— Je suis allée à la danse, commence Amandine.

— Raconte. C'est quand, au fait, le spectacle de fin d'année ?

Là, c'est la goutte d'eau qui fait déborder le vase ! Un pur moment de plaisir… Cette fois, Christine ne peut pas se retenir et elle s'énerve. C'est tellement jouissif.

— Tu raconteras ça une autre fois, Amandine. Il faut aller se coucher maintenant.

Je caresse la main de ma petite en murmurant « dommage », puis, j'ajoute avec autorité :

— Votre mère a raison. Allez, au dodo. Mais avant on va faire un gros câlin à son papa chéri.

Les trois petits viennent se coller à moi. Christine, je le sais, déteste ça, surtout quand ils se contentent, comme ce soir, de souhaiter de loin une bonne nuit à leur mère. J'interviens :

— Et votre maman, elle n'a pas droit à un petit baiser ?

Ils reviennent sur leurs pas et déposent une bise rapide sur la joue sèche de leur mère. Elle n'attire vraiment pas l'affection, cette femme. En les regardant faire, je me demande depuis combien de temps je ne l'ai pas embrassée. Des mois ? Des années plutôt. Je n'en éprouve aucun sentiment de frustration, ni de gâchis, mais l'agréable impression de n'en avoir rien à foutre.

Tandis que je nettoie la poêle dans l'évier, je l'entends terminer la bouteille et la jeter dans la poubelle. J'attaque le premier :

— J'ai parlé avec Rodriguez, aujourd'hui.

— Et alors ?

— Et alors ? Tu n'imagines pas à quel point il est bouleversé par la libération de l'assassin de son fils. Il est venu se confier à moi, le pauvre garçon.

Je fais durer mon plaisir. Mais il en faudrait plus pour déstabiliser cette femme. C'est une coriace et je l'attaque par petites frappes assez perfides, je l'avoue.

— Je crois que je suis son seul ami.

— Toi, son seul ami ?

— Le seul, en tout cas, à qui il ait envie de se confier.

Je me retourne pour voir sa gueule. Je n'en attends pas mieux que ce mélange d'incrédulité et de rage froide. Qu'est-ce qu'elle doit me détester, maintenant ! Je vois qu'elle se retient d'exploser et elle me demande d'une voix la plus neutre possible :

— Qu'est-ce que tu as bien pu lui raconter ?

Je hausse les épaules d'un geste las, calculé, car je sais que ça l'agacera encore plus.

— Que veux-tu que je lui dise ? Que je comprenais ce qu'il ressentait. Il a fondu en larmes, le pauvre diable, et s'est jeté dans mes bras. Je ne te dis pas à quel point j'étais gêné. Je le connais à peine, moi, ce Rodriguez. Alors je l'ai consolé comme j'ai pu.

J'ajoute, hochant la tête d'un air dépité :

— Je crois qu'il est perdu, totalement déboussolé. Il avait besoin qu'on l'écoute, et il m'a choisi comme confident. Ne me demande pas pourquoi c'est moi, je n'en sais fichtrement rien. Surtout que, avant le décès de son fils, je connaissais à peine son existence. Tu sais que je refuse de frayer avec les ouvriers. Quand on est chef, il faut savoir tenir ses distances.

Je sais à quel point ça l'irrite quand je dis ça, alors j'en profite pour m'offrir un dernier petit triomphe :

— Comme quoi, les drames peuvent réunir les hommes.

Là, elle a pris un bon coup derrière le museau et elle ne peut que murmurer :

— Mais c'est dégueulasse.

Je m'insurge :

— Dégueulasse ? alors que j'ai essayé de l'aider de mon mieux ! Franchement, je ne te comprends pas, Christine. Tu devrais me féliciter plutôt !

Elle ose dire : « Tu sais bien de quoi je parle », mais je continue comme si de rien n'était, avec ce petit mensonge :

— Il m'a fait jurer de ne pas le dire mais, à toi, je peux bien le raconter.

Elle explose comme je m'y attendais. Aussi j'insiste, histoire de la voir transpirer encore plus, car elle bave de curiosité, cette salope.

— Il faut que tu me jures de ne le répéter à personne.

— Qu'est-ce que tu veux que je jure, Jean-Pierre ?

— Sur la tête des gosses !

— Je ne comprends pas.

— Sur la tête de nos enfants, sinon je garde son secret pour moi tout seul.

— De quoi tu parles ?

— Jure !

— Je jure, si c'est ce que tu veux.

— Sur la tête de nos enfants !

L'autre jour, elle m'a bien fait jurer sur leur tête que ce n'était pas moi le tueur du petit Rodriguez. C'est ton tour de jurer, ma chérie ! Après quelques instants d'hésitation, elle finit par s'y résoudre :

— Je le jure sur la tête des petits. Mais qu'est-ce qu'il t'a dit ? Putain, tu vas me le dire !

« Putain », c'est la première fois que je l'entends prononcer ce mot. On en apprend tous les jours, même de sa propre épouse !

— Il m'a dit qu'il allait flinguer le type qui a assassiné son fils. Voilà ce qu'il m'a dit. Figure-toi qu'il a fait cette promesse à sa femme. Si ça se trouve, le mec est mort au moment où je te parle, ajouté-je avec un brin d'ironie.

Elle est vraiment bouleversée mais elle parvient à demander :

— Et qu'est-ce que tu lui as répondu ?

— Rien. J'ai simplement écouté et j'ai juré de ne le raconter à personne. Il m'a parlé en ami.

Elle pose la question que j'attends :

— Tu n'as pas essayé de le dissuader ?

Je réponds fermement, affrontant son regard méprisant :

— Non. Et tu sais pourquoi ? Parce qu'à sa place je ferais pareil. Il a raison, le fumier qui lui a enlevé son petit ne mérite pas de vivre. Voilà ce que je lui ai dit.

— Tu réalises ce que tu as fait ?

— J'ai aidé un ami, Christine, je n'ai rien fait d'autre que d'essayer de le comprendre. C'est son histoire, pas la mienne. Et de toi à moi, je ne vais pas pleurer une ordure de moins sur terre.

À ma grande surprise, elle répond :

— Tu as raison. C'est son affaire, pas la nôtre.

— Tu vois que j'ai bien fait.

Je la crois vaincue, mais la bête se rebiffe.

— Le pauvre type… Quand je pense…

Je ne la laisse pas finir :

— Je pense, moi, que ce pauvre type, comme tu dis, a tué un gamin et que Rodriguez a raison. Point final.

— Point final ? C'est toi qui le dis, Jean-Pierre. Cette histoire est loin d'être terminée. Tu peux me croire.

Tu me menaces, connasse ? Mais qu'est-ce que tu peux faire ? Aller voir les flics ? Me dénoncer ? As-tu pensé une seconde à ce qui se passerait si tu allais les trouver, à part foutre le bordel dans ta petite vie bien ordonnée ? Tu as songé à nos gosses ? Crois-moi, ça va tellement décoiffer, quand Rodriguez l'aura flingué, que les flics préféreront enterrer l'affaire plutôt que de la rouvrir. Ils ne voudront surtout pas passer pour des manches. Ce serait reconnaître qu'ils se sont gourés et qu'ils ont mis Rodriguez sur la piste d'un innocent. Cela, ils ne l'admettront jamais. JAMAIS, tu m'entends ? Rodriguez s'en tirera avec l'indulgence du tribunal et tout le monde sera content. J'irai même témoigner en sa faveur, s'il le faut. Et, crois-moi, je saurai trouver les mots pour émouvoir le tribunal. Voilà comment tout va se terminer. Alors, arrête de me faire chier et reconnais plutôt que tu as intérêt à la fermer. C'était un accident, le gamin s'est jeté sur ma caisse et j'ai bien fait de filer. Je ne te dis pas dans quelle merde tu serais si je m'étais arrêté. Tu aimerais vendre la maison, fuir le quartier, payer un avocat, emmener les gosses voir leur père en taule ? Tu serais obligée de bosser au lieu de ne rien branler de la journée. Et la honte ? Tu as pensé à la honte, Christine ?

Je pourrais lui balancer tout ça à la gueule, mais je garde ces pensées pour moi. J'ai gagné, point final ! Ce soir, j'aurai le dernier mot.

— Je crois qu'il va le flinguer cette nuit.

— Cette nuit ? Déjà ? Ce n'est pas possible.

— Si, c'est possible, et même certain ! Il me l'a dit. Ce sont des choses qui se disent entre hommes. Évidemment, une femme ne peut pas comprendre ça.

— Quel salaud !

Je sais qu'elle parle de moi, mais je fais l'innocent.

— Non, Christine, ce n'est pas un salaud, c'est juste un homme qui va venger l'assassinat de son fils. Le salaud, c'est Demay !

Je la plante là et, dans le salon, je me sers une bonne rasade de whisky en laissant la bouteille bien en évidence sur la table basse, histoire qu'elle l'aperçoive quand elle montera se coucher. Mais, à ma grande surprise, elle attrape la bouteille et avale une lampée. Puis, avant de ranger la bouteille dans le bar, une seconde. Cette femme m'étonnera toujours.

Tout à l'heure, il faudra que j'appelle Rodriguez. Ce n'est pas le moment qu'il flanche.

Christine Boulard

Je vois immédiatement cette bouteille de Johnnie Walker, avec son étiquette rouge, posée au centre de la table, même si, absorbé par *Les Experts : Miami* – il n'y a donc que ça à la télé française ? –, Jean-Pierre ne fait pas attention à moi, son verre vide posé sur le bras du canapé. J'ai horreur de ce laisser-aller, c'est plus fort que moi : je vois déjà les dégâts si, par mégarde, il renversait son verre. J'ai compris qu'il le fait exprès, rien que pour me faire chier. S'il croit que je vais passer sans rien dire, il se trompe.

— Tu ne devrais pas boire, Jean-Pierre.

Et, alors qu'il s'attend à ce que je range le whisky dans le bar du salon, j'attrape la bouteille et je bois directement au goulot une rasade, puis une seconde, longuement, en l'observant du coin de l'œil. Ensuite, je la remets à sa place. Je le plante là, je refuse de me retourner en l'entendant soupirer, se lever et reposer bruyamment la bouteille sur la table. Franchement, je n'en ai rien à foutre qu'il se bourre la gueule. Je veux simplement qu'il soit convaincu que je ne le perdrai pas de vue. Je resterai attentive, mon salaud, et surtout maîtresse du jeu. Tu penses avoir marqué des points, ce soir, en faisant le beau avec ton secret à la con ? Ne triomphe pas trop vite, Jean-Pierre. La vie est longue et, contrairement à ce que tu peux penser, tu ne m'as pas encore matée, tu peux me croire.

En me lavant les dents (deux minutes sont nécessaires à une bonne hygiène dentaire et je m'oblige tous les soirs à cette discipline), je repense à notre face-à-face de ce soir. Plus qu'un face-à-face, c'était un affrontement dont il pense sans doute, l'imbécile, être sorti vainqueur. Je n'aime pas la façon dont il m'a défiée, ni surtout sa morgue triomphante. Je n'arrive pas à me faire à l'idée que, en ce moment, il boive à sa victoire.

Je m'en veux de ne pas avoir trouvé les mots pour lui clouer le bec. Je le connais, mon bonhomme. Il espère que je n'aurai pas le courage de le balancer aux flics, et que si je m'engage sur ce terrain, j'aie plus à perdre qu'à y gagner. Mais je sais aussi que je l'intrigue, désormais. Il ne veut pas le montrer mais il me craint, car il ne me contrôle plus et cela l'inquiète, j'en suis certaine. Et ce n'est pas la moindre de mes revanches.

Évidemment, je lui ai laissé croire pendant des mois que j'avais ce pouvoir. J'en ai bien profité et, résultat, il a filé droit. Un vrai toutou ! Jusqu'à ce qu'il se rebiffe ce soir. Il a fait son malin, mais je conserve les meilleures cartes et ça lui passera.

Je les oublie, lui et sa bouteille. Qu'il se bourre la gueule, j'en ai rien à faire. J'enlève ma chemise de nuit et j'observe attentivement ma silhouette dans la glace, en me demandant ce qui me manque pour faire encore bander un autre homme que ce connard de Jean-Pierre. Qu'est-ce que je dois faire ? Pas grand-chose. Abandonner mes lunettes, faire une couleur, perdre quelques kilos et retrouver ma poitrine de jeune fille. Mes seins sont lourds, ils tombent à cause de mes trois gosses, et je les remonte en les serrant fermement l'un contre l'autre. Dès demain, je vais m'occuper de moi et changer tout ça.

Est-ce l'effet de l'alcool que j'ai bu ce soir, ou parce que je me caresse les seins, mais une envie de plaisir s'empare soudain de moi. Je ferme les yeux, incapable de résister à ce désir qui m'envahit. C'est trop bon, et si rare. J'ai un besoin fou de faire l'amour mais je ne lui donnerai pas le plaisir de me dominer. Je ne supporterais pas son regard triomphant, ses remarques. Je parviens à contenir mon envie et je préfère encore me caresser, seule dans mon lit, avec en fond sonore le bruit obsédant de la télé qui monte du salon et qui me rappelle qu'il est là, en bas, avec sa bouteille. Je l'oublie pour ne penser qu'à moi, et tandis que le plaisir me submerge enfin, je laisse échapper un râle si puissant que j'en viens à espérer qu'il m'ait entendue jouir.

Je continue à me caresser et je réalise soudain que la vie serait bien sans lui, que je serais heureuse, débarrassée de ce minable qui ne sait même plus me donner du plaisir. J'ai joui, encore, avec une frénésie que je ne veux pas éteindre.

Je songe à Demay qui va crever ce soir, peut-être est-il mort à ce moment précis. Je jette un œil sur le réveil : 0 h 45. Jean-Pierre n'est toujours pas monté. Que peut-il bien regarder à cette heure-là ? Peut-être s'est-il endormi dans son fauteuil ? Je n'en demande pas plus. Qu'il ne vienne pas empester la chambre avec ses relents de whisky. Il a tellement picolé qu'il va ronfler comme une brute, et je ne vais pas réussir à m'endormir sans mes bouchons d'oreilles. Qu'il reste en bas, je ne veux pas sentir son corps allongé à côté du mien.

C'est à Rodriguez que je pense maintenant. Rodriguez, l'« ami de Jean-Pierre », celui qui a tué son fils. Jean-Pierre auquel il a confié son secret. Il le sait, ce pauvre idiot de Portugais, que son « ami » s'est servi de son secret pour me donner une leçon ? Il le sait que son « ami » n'en a rien à foutre qu'il tue un innocent ? Et, au contraire, qu'il l'a encouragé pour se sauver lui-même ? Quel imbécile, lui aussi ! Comment a-t-il pu se faire avoir aussi facilement ?

Je me lève, car j'ai soif. Du haut des marches, j'aperçois Jean-Pierre assoupi, la bouteille est à moitié vide. Demain, qu'il ne vienne pas se plaindre d'avoir mal au crâne ! Moi aussi j'ai beaucoup bu ce soir, j'en ai conscience, mais il y a des mois que je ne me suis pas sentie aussi bien, aussi sûre de moi.

Je descends en essayant de ne pas faire craquer les marches. J'ai souvent répété à Jean-Pierre de faire quelque chose, d'appeler le type de chez Lapeyre, mais, comme d'habitude, il n'a rien fait. Minable, va ! À chaque marche que je descends, cet homme me dégoûte de plus en plus. Ma résolution est prise : je vais m'en débarrasser, moi, de cette ordure. De ce tueur de gosse.

Je termine son verre, j'attrape son portable posé sur la table, et je vais dans sa messagerie. Ce soir, il n'a passé qu'un seul appel, à Rodriguez, à 22 h 37. Dans le répertoire, je trouve le numéro de Rodriguez. Je m'isole dans la cuisine et je compose son numéro en priant qu'il ne soit pas trop tard. Je sais ce que je vais lui dire, car il ne faut surtout pas qu'il se trompe d'adresse ce soir.

Je vais lui révéler le nom du salopard qui a tué son fils.

Ensuite, je m'enfilerai une gorgée de whisky à même la bouteille, je laisserai ouverte la porte d'entrée et je remonterai. J'ai tellement envie de jouir, encore et encore. Tandis que retentit à mes oreilles la première sonnerie, je pense : « Que tu as été con, mon chéri, tu n'aurais jamais dû me confier le secret de ton Portugais… »

Sylvia

Ce soir, j'ai agi comme si je ne savais pas, et j'ai caressé la main de l'homme de ma vie en passant à sa hauteur, dans le salon. J'ai dit : « Bonne nuit, Antonio, à demain. » Il a simplement répondu : « Bonne nuit, mon amour », et j'ai pris le couloir de notre chambre. Je ne voulais pas qu'il devine mon angoisse et j'ai agi comme d'habitude. J'ai fait couler l'eau dans le lavabo de la salle de bains et pris la boîte dans l'armoire à pharmacie en faisant grincer le tiroir. J'ai encore attendu quelques secondes, puis j'ai gagné notre chambre à pas feutrés et j'ai éteint. Tous ces petits bruits accompagnent mon coucher, et Antonio les connaît bien pour les entendre soir après soir. Je les ai donc accomplis, car je veux qu'il croie que j'ai pris mes cachets pour dormir, comme chaque soir depuis bientôt un an. Sans eux, je ne trouverais pas le sommeil. Je sais que des cauchemars douloureux, peuplés de l'image de mon enfant mort, m'attendent. Mais, aujourd'hui, je n'ai rien voulu prendre. Comment l'aurais-je pu sachant ce qui va se passer cette nuit ?

Dans la chambre plongée dans le noir, j'écoute et j'attends. Surtout, je tente de répondre à cette question qui m'obsède depuis plusieurs semaines, chaque fois que j'y pense, une terrible boule d'angoisse m'empêche presque de respirer. Demay est-il le véritable assassin de mon fils ? Mon Antonio, qui m'a promis de venger la mort de notre petit, va-t-il tuer un innocent ? Faut-il que je me lève, là, maintenant, et que je le supplie de tout arrêter ? Je connais sa détermination, je vois ses certitudes. J'ai peur qu'il ne m'écoute pas, que ce soit trop tard, je ne sais même plus si je désire autant qu'aux premiers jours que la mort de mon fils soit vengée. Je suis fatiguée de ne penser qu'à ça. Il est bien là, mon drame, car je ne veux plus y penser alors qu'Antonio n'a qu'une idée en tête : nous venger. Il ne trouvera la paix qu'à ce prix, tandis que moi, qui lui ai demandé la tête de l'assassin de notre fils, je n'en ai plus besoin.

Tout à l'heure, son téléphone a sonné. Il a parlé si bas que je n'ai rien entendu. Qui a bien pu l'appeler si tard ?

Il est un peu plus de minuit quand j'entends Antonio éteindre la télévision. Chaque petit bruit, le moindre déplacement m'indique où il se trouve : dans le salon où il se racle la gorge, puis dans la cuisine pour se verser un verre d'eau et refermer doucement la porte du réfrigérateur. À présent, il est dans l'entrée où il enfile sa parka. La porte du placard grince un peu, il attrape le fusil et je l'entends le poser le plus doucement possible près de la porte d'entrée. L'étui de cuir fait un bruit sec en touchant le carrelage. Puis il ouvre délicatement le tiroir, prend trois cartouches dans la boîte qui résiste un peu et les glisse dans sa poche. Il referme le tiroir toujours avec précaution. Combien de temps reste-t-il immobile dans l'entrée, à parcourir du regard l'appartement, à fixer la photo de Victor posée sur l'étagère ? Dix, quinze secondes ? Je n'ai pas bougé de mon lit, mais je le vois reculer vers la porte d'entrée et attraper les clefs sur le guéridon. Il tire la porte si doucement que je ne réalise qu'il est sorti qu'en entendant s'ouvrir le coffre de la voiture. Il y range le fusil et s'installe au volant. Ce n'est qu'éloigné de la maison que j'entends claquer la portière.

Il n'est pas venu m'embrasser, sans doute de peur de me réveiller. Aurais-je eu la force alors de lui dire de rester avec moi et de s'allonger à mes côtés ? Au lieu de cela, je l'ai laissé partir sans un mot. Il est plus de minuit et demi. Faut-il vraiment qu'il m'aime pour m'offrir ce cadeau dont je ne veux plus ! Et moi, je crois que je ne l'ai jamais aimé autant que ce soir…

Hier encore, je suis passée à la gendarmerie. Le commandant Peyrot m'a reçue toujours aussi aimablement, calme et rassurant. Au début, Antonio venait ici tous les jeudis, mais ses visites se sont raréfiées et j'ai pris le relais en sortant de l'hôpital. J'y passe une fois par semaine, mais jamais le jeudi pour ne pas croiser Antonio. D'ailleurs, il ne sait même pas que je viens. Le commandant me reçoit toujours en personne, quitte à ce que j'attende des heures, assise sur l'une des chaises en plastique blanc de l'entrée.

Jamais, jusqu'à présent, je n'ai tenté de lui parler de mes interrogations, de ces doutes qui m'angoissent chaque jour un peu plus. Pourtant, Demay est rapidement revenu sur ses aveux, et j'ai lu qu'ils lui avaient été extorqués par la force. « J'ai été torturé », a-t-il même osé dire dans *Le Parisien*. Le commandant est resté serein.

— C'est bidon. Ce type essaie de semer le doute, madame Rodriguez. Vous l'avez vu comme nous tous. A-t-il donné l'impression d'un homme martyrisé ? Il a avoué quand il a été confronté à la puissance des faits.

Son avocat a multiplié les déclarations dans la presse, allant jusqu'à affirmer que son « client ne serait jamais jugé ».

— Il ne serait pas en prison s'il était innocent, m'a assuré le commandant. Son alibi ne tient pas.

Son alibi, c'était sa compagne, une certaine Valérie Lartigue. Elle soutenait que Demay et elle n'avaient pas quitté l'appartement ce jour-là.

— C'est la parole d'une ivrogne face à la réalité des faits, a dit le commandant, qui répétait avec une assurance satisfaite : Les preuves sont dans le dossier. Si cette femme continue à tenter de le couvrir, elle sera inculpée de faux témoignage.

La semaine suivante, le commandant a pu fanfaronner :

— Il a fallu qu'on mette les choses au point avec elle, et il semble qu'elle ait compris le message car depuis on ne l'entend plus.

Le commandant Peyrot n'a pas paru troublé quand Demay a été remis en liberté. J'étais venue avec Antonio pour nous plaindre de la clémence de la justice dont profitait l'assassin de notre fils, et pour essayer de comprendre. De nouveau, il s'était montré rassurant :

— C'est malheureusement l'application stricte de la loi. Dans des affaires similaires, les individus ne restent que quelques jours en prison. Cela ne veut pas dire qu'ils ne sont pas coupables, mais nos prisons sont engorgées et il faut faire de la place. Dites-vous qu'il est même exceptionnel qu'un chauffard reste aussi longtemps sous les verrous.

Toujours aussi sûr de lui, il avait ajouté :

— Qu'il soit resté trois mois en prison démontre que son dossier est solide. Je vous garantis qu'il n'échappera pas à la justice des hommes ! Croyez-moi, je suis un vieux routier de ce genre d'affaire et il en faudrait plus pour me déstabiliser.

Nous étions repartis calmés de la gendarmerie. La libération de Demay était normale, selon les usages habituels de la justice. Le commandant a seulement eu un regret :

— Nous aurions dû vous en aviser au début dc l'instruction. Je bats ma coulpe, monsieur et madame Rodriguez. Courage !

Dans la voiture, Antonio avait ajouté pour moi seule :

— Ils n'auraient pas dû le libérer. Il va le regretter.

Je n'avais pas relevé, à quoi bon : j'avais compris le sens de ses mots. J'avais seulement posé la main sur sa cuisse et, le soir même, après être allé le chercher à la cave, il avait nettoyé son fusil sur la table de la cuisine.

Jamais, donc, je n'avais osé parler de mes doutes au commandant Peyrot. Je sentais qu'Antonio allait bientôt accomplir la promesse que je lui avais arrachée et j'avais besoin d'être convaincue. Mais hier, dès que je suis entrée dans son bureau, je n'ai pas hésité à lui demander :

— Et si Demay n'était pas l'assassin de mon fils, commandant ?

Je craignais sa réaction, mais le commandant Peyrot n'a pas bronché et il s'est contenté de répondre :

— C'est impossible, madame Rodriguez.

Il m'a dit de prendre place et a demandé qu'on lui apporte le dossier. Pendant plus d'une heure, il m'a démontré que Demay ne pouvait être que l'assassin de notre fils. Il semblait si sûr de ses conclusions que je me suis laissé convaincre. L'alcool, les traces relevées sur la voiture, même si, a-t-il reconnu, les expertises n'étaient pas totalement affirmatives. Surtout, a-t-il ajouté :

— Nous disposons de ses aveux.

Il m'a regardée droit dans les yeux.

— Vous étiez présente, madame Rodriguez, le matin où Demay est passé aux aveux... Alors, je vous demande, à quel genre d'individu avez-vous été confrontée ? Était-ce un coupable ou un innocent qui vous a suppliée de lui pardonner ? Un coupable ou un innocent, madame Rodriguez ?

— Vous avez raison.

— Oui, NOUS avons raison. La vérité est là, et ce ne sont pas ses gesticulations ni celles de son avocat qui nous feront douter. Demay est l'assassin de Victor et il sera condamné pour ce qu'il vous a fait. Êtes-vous rassurée maintenant ?

J'ai répondu d'une voix de petite fille :

— Oui, monsieur.

— Bien, s'est-il contenté de dire. Je vous raccompagne à présent.

— Ce n'est pas la peine. Merci pour tout, commandant. Heureusement que nous vous avons.

J'avais des larmes de reconnaissance aux yeux. Il l'a joué modeste.

— Moi et mes hommes n'avons fait que notre travail et vous savez à quel point cette affaire nous a tenu à cœur. Elle est bouclée et bien bouclée, croyez-moi.

Le commandant Peyrot s'est levé et il a tenu à m'embrasser.

— Il va falloir tenir courageusement jusqu'au procès de l'assassin de votre fils, madame Rodriguez.

Je suis sortie totalement rassurée par la force de sa démonstration. Demay était bien l'assassin de mon fils.

Pourquoi a-t-il fallu alors que je croise le lieutenant Favier devant la gendarmerie ? Je ne l'avais pas vu depuis longtemps, mais je le connais bien pour son implication dans l'enquête. C'est lui qui avait obtenu les aveux de Demay et qui m'avait obligée à remonter quand j'étais allée cracher ma haine au visage de l'assassin de Victor, ce matin-là. Je l'ai toujours trouvé dur, direct, si froid. Tout le contraire de son commandant. Mais, là, devant la gendarmerie, le lieutenant m'a saluée d'un air si gêné que, de nouveau, le doute s'est emparé de moi. J'ai tenté de l'appeler mais il a continué son chemin sans se retourner. Ma douleur a été si forte que j'ai dû m'appuyer à la grille pour vomir. Je n'ai pas eu la force de le rattraper pour lui demander si, comme moi, il doutait de la culpabilité de Demay, ou s'il était seulement affligé par notre malheur. Mais, à cet instant, j'ai été persuadée que sa fuite résonnait comme un aveu. Celui de l'innocence de Demay ?

Depuis, le souvenir du visage du lieutenant ne m'a pas quittée, ni l'angoisse qui me tord le ventre. Pourtant, j'ai gardé cette douleur pour moi, sans essayer d'en parler à Antonio. Il est tellement persuadé de la culpabilité de Demay qu'il ne comprendrait pas mes doutes et qu'il refuserait de les entendre. Il serait si malheureux ! Cette vengeance n'est pas la sienne, mais la nôtre. Au début, j'avais compris qu'il n'allait agir que pour moi, à cause de la promesse que je lui avais arrachée. Aujourd'hui, mon Antonio pense qu'il va tuer Demay pour nous deux. Aurai-je la force de lui faire partager mes doutes ? de lui dire que cette vengeance, je n'en veux plus ?

Il est rentré de bonne heure, et, comme tous les soirs, il est ressorti. Je sais qu'il va sur le lieu où Victor est mort et qu'il lui parle. Lui a-t-il dit qu'il allait le venger cette nuit et respecter la promesse qu'il m'avait faite ? Toute la journée, j'ai hésité à retourner à la gendarmerie dans l'espoir que le lieutenant apaise mes doutes, mais j'y ai renoncé. Son regard désolé m'obsède encore. Je n'ai que le temps d'ouvrir les volets pour voir disparaître la voiture au coin de la rue. Antonio était si grave, ce soir, il a embrassé très fort sa fille après le dîner, il m'a regardée intensément à plusieurs reprises, et j'ai compris que c'était pour ce soir.

J'aurais dû cacher le fusil, essayer de le convaincre de renoncer, lui demander de patienter jusqu'au procès. J'aurais pu le supplier au nom de notre amour, pour notre avenir et celui de notre fille. Mais j'ai compris que seule la vengeance pouvait le sauver, nous sauver. Alors j'ai fait semblant de m'endormir comme chaque soir et je l'ai laissé partir.

Cet homme, je l'aime plus que tout. Il faut que je le sauve, que je lui dise que je l'aime, que je suis à ses côtés et qu'il n'est pas seul. Je passe rapidement au salon et je m'assieds près du téléphone. Combien de temps suis-je restée ainsi, ne pensant qu'à lui, avant de composer enfin son numéro ? Pourvu qu'il réponde.

22 février, 0 h 55

Demay entend lui aussi le téléphone sonner dans la poche de l'homme qui le tient au bout de son fusil et qui dit : « Ne bouge pas, ordure. » Il entend la grosse rousse et son fils taper contre la porte fermée à clef. Cet homme, il l'a reconnu aussitôt, et il comprend pourquoi il est là, une arme à la main. Il hurle :

— Appelez les flics ! Putain, vite ! Il va me flinguer.

Antonio Rodriguez prend le téléphone, il entend sa femme demander : « Où es-tu, Antonio ? » Il ne répond pas, mais elle a compris : « Je t'aime, mon amour. Je serai toujours à tes côtés. »

Dans l'écouteur, Sylvia perçoit les pleurs et les supplications de Demay : « Ce n'est pas moi, je le jure. Ne tire pas. Pitié ! » Elle l'entend encore hurler : « Les flics. Appelez les flics. » Et encore : « Pitié ! »

Demay se roule aux pieds d'Antonio, il tente de s'y accrocher et supplie.

Antonio le repousse :

— Relève-toi, maintenant.

Demay recule, se lève comme le lui demande l'homme.

Au téléphone, Sylvia dit simplement d'une voix douce :

— Épargne-le, ce n'est pas lui l'assassin de notre fils.

— Ce n'est pas possible ! hurle Antonio.

— Si, mon amour, ce n'est pas lui.

— Et les gendarmes ?

— Ils se trompent, je le sais. Pars maintenant. Je t'attends.

Antonio regarde Demay. Il est pitoyable et supplie toujours, il jure qu'il n'a pas tué le petit, il urine sous lui. Antonio se contente de dire : « Tu as de la chance » et, ignorant la porte qui a fini par céder et le gamin qui tente de l'arrêter, il s'éloigne sans un mot, le téléphone toujours collé à l'oreille. Avant de raccrocher, il entend sa femme lui dire : « Merci, mon amour. »

Sylvia repose le combiné, elle pleure, mais son angoisse a disparu, et elle attend son mari. Elle lui dira qu'elle veut quitter tout ce malheur et rentrer au pays pour y disperser les cendres de Victor. Qu'ils auront des enfants et que, loin d'ici, ils retrouveront le bonheur. Qu'elle l'aime tant pour ce qu'il a fait ce soir.

Antonio prend le temps de ranger le fusil dans le coffre. Indifférent au brouhaha qui agite la cité, il s'éloigne tandis que l'adolescent le poursuit en tapant sur le toit de la voiture.

Dans la cuisine d'un pavillon cossu de Rennemoulin, une femme enrage. Pendant un long moment, le téléphone de Rodriguez est resté occupé. Elle voudrait lui révéler le nom et l'adresse de celui qui a tué son petit Victor, lui donner toutes les preuves qu'elle a rassemblées contre lui, et lui dire que l'assassin de son fils doit crever cette nuit pour tout le mal qu'il a fait. Mais cet abruti de Portugais est déjà en ligne, et elle va renoncer.

Elle se dit que, finalement, c'est peut-être mieux ainsi et que Jean-Pierre a bien de la chance, ce soir. Pourtant, elle fait une dernière tentative et, cette fois, Antonio Rodriguez décroche. Surprise, elle hésite un instant et demande : « Monsieur Rodriguez ? » Puis elle raconte tout. Quand elle a enfin terminé, elle l'entend seulement dire : « Je viens. »

Antonio entrouvre la vitre de la voiture et jette le portable sur le macadam.

Quelques minutes plus tard, lorsque Christine Boulard passe à la hauteur de son mari, elle lui crache au visage et emporte la bouteille de whisky avec elle. Assommé par l'alcool, Jean-Pierre n'a pas bougé. Avant de monter, elle vérifie que la porte d'entrée est toujours ouverte.

Antonio Rodriguez ne devrait plus tarder maintenant.

Du même auteur :

LA LONGUE PEINE, avec Emmanuel Laurentin, Calmann-Lévy, 1989.
GENS DE L'EST, La Découverte, 1993.
LA FEMME DU MONSTRE, Éditions Anne Carrière, 2007.
LA THÉORIE DES SIX, Éditions Anne Carrière, 2008.

Composition réalisée par DATAGRAFIX

Achevé d'imprimer en mai 2011 en Espagne par
BLACK PRINT CPI IBERICA, S.L.
08740 Sant Andreu de la Barca (Barcelona)
Dépôt légal 1re publication : mai 2011
LIBRAIRIE GÉNÉRALE FRANÇAISE – 31, rue de Fleurus – 75278 Paris Cedex 06

31/5723/7